蜗牛飞起来了

——一个教师的第九小时（续）

柳永忠　著

苏州新闻出版集团

古吴轩出版社

图书在版编目（CIP）数据

蜗牛飞起来了：一个教师的第九小时：续 ／ 柳永
忠著． -- 苏州：古吴轩出版社，2024.6
ISBN 978-7-5546-2370-1

Ⅰ．①蜗… Ⅱ．①柳… Ⅲ．①随笔－作品集－中国－
当代 Ⅳ．① I267.1

中国国家版本馆 CIP 数据核字（2024）第 106857 号

责任编辑：周　娇
见习编辑：任佳佳
封面设计：杨　洁　王芷柔
责任校对：李爱华
责任照排：吴　静

书　　名：蜗牛飞起来了——一个教师的第九小时（续）
著　　者：柳永忠
出版发行：苏州新闻出版集团
　　　　　　古吴轩出版社
　　　　　　地址：苏州市八达街118号苏州新闻大厦30F
　　　　　　电话：0512-65233679　　邮编：215123
出 版 人：王乐飞
印　　刷：苏州日报印刷中心有限公司
开　　本：889mm×1194mm　1/32
印　　张：7
字　　数：167千字
版　　次：2024年6月第1版
印　　次：2024年6月第1次印刷
书　　号：ISBN 978-7-5546-2370-1
定　　价：42.00元

如有印装质量问题，请与印刷厂联系。0512-65640825

序　王尧

　　许多年前,我去郊外的胥口参加活动,结识了胥口实验小学的柳永忠校长,对柳校长和他供职的学校留下深刻印象。胥口位于太湖之滨,因伍子胥而得名,是吴地日常生活中的一个传说之地。在交谈中我知道柳校长是个文学爱好者,便有似曾相识的感觉。在这美丽的湖畔、美丽的校园,要抑制美丽的诗心是不容易的。那次见面后不久,柳校长说他有一本教育随笔集《一周感恩》即将出版,问我可否写序。我读了书稿,感于内容和形式的特别,写了序言,鼓励他文心澎湃,佳作不断。

　　后来,我又经常收到柳校长发来的散文或者小说。我知道,他一直在写作,出版了散文集《在时间的流里——一个教师的第九小时》。癸卯岁末,他又发来书稿《蜗牛飞起来了——一个教师的第九小时(续)》,索序于我。从岁末到甲辰春,我除了修改小说、写作论文,就忙于给几个朋友的文集写序。坦率地说,我没有婉拒朋友们好意的原因,是觉得有这么多非职业写作者信仰文学,未尝不是一件美好的事。《蜗牛飞起来了——一个教师的第九小时(续)》这本书的书名和副题有一种飞翔和舒缓的感觉。柳校长之前的文字便有一种跃动的活力,可以看出他的才情、老到和热烈。他的写作是在八小时之外,正业管理学校,业余便去码字。读了后记，知道他离退休不远了，心态特别放松。朋友询问退休后如何度过一日又一日时，他如是说：走路、读书、写作，让身体和灵魂总有一个在路上就行了。这篇后记还说到了他的写作历程，他特别提到："加入'新教育实验'以后，成长的不仅是写作水平，还有教育教学能力、师德师风水平和人格魅力，同时，锻炼了难能可贵的自律能力。因此，直到今天，我还是将阅读和写作作为生活的一部分，作为生活的常态。"将阅读、写作与人格、操守和教育联系在一起的想法，我特别赞赏。

我是在特殊年代念小学的，几十年过去了，校长和语文、数学、美术老师在我记忆中留下了深刻印象。大学毕业后，我以文学为职业，时常想起启蒙老师。语文老师对作文的修改和批语，在童年、少年生活中是很重要的。大学毕业后，我曾经花了很长时间寻找在我小学毕业前便回到县城的语文老师，期待在某个时空中见到她。校长的风范对学生的影响是潜在的，我的小学校长特别严厉，我工作后回老家见到他仍然有些紧张，他的严厉约束了我们这些学生的野蛮。多少年过去了，我在生活中和书本上熟悉了更多小学语文老师和校长。现代史上，小学教员中有很多饱学之士，叶圣陶先生也曾经在苏州和上海的小学教过国文课。在教学之余研究和写作，即便在小学也是一个传统。我兼职苏州作协主席，不少熟悉的业余作家是在小学教书。我觉得一位老师长期爱好文学、坚持写作，不仅是自我成长和发展，对小学语文教育和校园文化建设也有特别的意义。一个用心写作的老师，对人性、自然、社会、历史、审美等一定有所思考，而这些也正是塑造学生的重要方面。

在这个意义上，我对作为写作者的柳永忠先生给予积极评价。我们现在读到的这本书，散文之外，还有儿童故事和小说。

和之前的写作相比,这本书显示了柳永忠先生对社会生活的广泛观察和思考。他在校园中,又在校园外,成人世界和儿童世界交相辉映,构成了丰富而又纯净的文学空间。第一辑"胸中丘壑"诸篇,或记亲人,或忆童年,或写老师,或说同学,或画风景,或叙风俗,文笔老到。这些文章便没有太多大故事,但无数带有他个人感情色彩的细节纷呈,撞击我们的内心世界。我们不妨把这些散文视为柳永忠先生的成长史。特别出乎我预料的是第二辑"丑石"中的儿童故事和小说,这些作品的叙述语言、想象打破了成人世界的限制,童心蕴藉其中。在这些作品中,我也看到了柳永忠先生在校园里面对学生时的内心世界和他的眼神。——对一个写作者而言,童心何等重要。

柳永忠先生的写作从"八小时之内"到"第九小时",这是他写作中的一次转折。在不久的将来,他的阅读和写作将会打破时间的划分,晨曦和夕阳都会落在他的键盘上。在向读者朋友推荐这本书时,我对柳永忠先生的写作充满期待。

(王尧,苏州大学讲席教授,教育部长江学者特聘教授,苏州大学学术委员会主任,兼任江苏省作协副主席等。)

目　录

第
二
辑
丑
石

胸中丘壑

　　我除了喜欢和惠中兄喝茶聊天，也喜欢看他创作或者欣赏他的山水作品。我看到的惠中兄，笔下的山总是厚实的，水总是灵动的。这完全来自他心灵深处的山和水。

老领导

香山街道要在梅舍社区成立"梅舍书院"，牵头的是香山街道关工委和社区教育中心。我接到了香山街道关工委李主任的电话，邀请我去参加"梅舍书院"成立仪式，并给参加成立仪式的家长和小朋友做一次家庭教育指导讲座。听着李主任富有磁性的邀请声，我开心地答道："谢谢李主任给我机会，非常愿意回到香山老家为家长和孩子服务。"我听到了电话那头爽朗的笑声。

李主任是我三十多年前的老领导。那是在20世纪80年代中期，他是镇团委书记，我则是镇中心小学的团支部书记，他是我们的直接领导。在我的印象里，李主任的最大特点是任人唯贤、敢于创新。李主任大我们好几岁，当时他已经结婚，而我们市镇单位的好些团员青年，因为平时社会交际面不广，很难找到对象。那年中秋节前夕，他把我和中学、粮油站、丝织厂等几个单位的团支部书记请去，跟我们说了他的想法——在中秋节晚上搞一个市镇单位迎中秋晚会，叫我们一起设计方案。我们动用了一切可以动用的力量，学校里吹拉弹唱的人才比较多，成立了一个小小的伴奏乐队；各个单位没有对象的团员青年必须上报一个节目，节目单上交后，还有意识地让相关报名者合作演出。中秋那天晚上，我们在粮油站一块很大的空地上举行晚会，观众席设在一棵大树下，那里有斑驳的月影。舞台是朝东的高起的地块，表演者的形象，包括表演时面部的表情都能借着中秋的明月看得一清二楚。因为这次迎中秋晚会,有一个重要的目的,就是为年轻人牵线搭桥。还别说,那次晚会后还真的成功了一对。过后,各单位团支部的联合活动,不仅使支部活动丰富多彩、生动活泼,而且在各单位日益密切的交往中,好多青年都找到了满意的另一半。

后来,李主任因为工作出色,一路高升,调离了胥口镇。我们这些曾经由他领导的团支部书记们,随着年龄的增加,也离开了团工作岗位。但我们一直很怀念李主任做团委书记领导我们开展工作的那段时光,比如学习各类上级文件,往往采用知识竞赛的方法,我们当时就有了"抢答""必答"等现在电视上经常出现的那些形式;再比如团组织也要加入经济建设之中,李主任领着我们到当时比较有名的蘑菇培植基地参观,有的村团支部还和蘑菇培育基地结对,学习培育蘑菇技术,自筹团活动经费。

再次和李主任取得联系,是他到龄从领导岗位上退下来,担任了香山街道关工委主任以后。他听说曾经工作过的胥口镇的关工委工作在全区乃至全市都有一定的知名度,就特地联合社区教育中心和相关老同志一起到胥口镇学习交流。我们胥口的几个校长也参加了那次学习交流活动,并汇报了我们学校开展的一些工作。那次,和李主任又有了长谈的机会。李主任担任镇团委书记领导全镇团工作到今天虽然已经过去了三十多年,但一听到他的想法,我就立马有了这样一个念头:李主任依然是当时做团工作时的作风,而且想法更加成熟。李主任表示,在其位必须谋其责,既然组织上让他负责街道关工委工作,就必须把它做好、做出成绩、做出特色。于是,在前不久,由李主任牵头,开展了"香山—郁舍校长'9+2'"主题活动,把香山街道在外做校长的人员全部召集起来,建成街道关工委的人才资源库,随时调用,为家乡服务。而这次

"梅舍书院"成立，则是在此基础上的一次深入和创新。

准备讲座的过程中，李主任的形象一直在我眼前闪烁。李主任是我的老领导，"老"的是过去的岁月，"老"更是日益累积的敢于创新的精神和勇气。

父亲节的"礼物"

20世纪80年代中期,父亲送我去苏州城读师范,我忽然发现父亲正慢慢变老。

父亲将我送到师范学校的宿舍,像同宿舍其他同学的父亲那样,帮我安顿好床铺,把生活用品按规定放好。现在回忆起来,16岁的我,怎么一点自理能力都没有呢?不是的,估计是父亲一定要自己来安排这一切才放心。记得初中三年我到镇上的住宿学校就读,打水、吃饭就到距离学校一里路远的姑母工作的窑厂里,父亲到镇里开会,就来看看我,帮我去窑厂打水,顺便去我姑母那里,姐弟俩聊聊家常。姑母一直责怪我父亲太宠我,"打水这种事情小孩子应该会做的",劝父亲要放手,不要使孩子有依赖心理。父亲听他姐姐的话,后来就对我逐渐放手了。到镇上读初中,我不仅享受了优质教育资源,更因为父亲的放手锻炼了自理能力。现在我到更远的苏州城读书了,父亲是为儿子自豪的。因为当时交通不便,苏州城到乡下一天才两班公交车,父亲不能像我读初中时那样经常来看我了,因此新进宿舍的一切事务都由他亲自完成。

大概是读初三的时候,班级里有几个同学有了手表,钟山牌的,手臂往胸前一甩,就能准确地报出时间,我们都很羡慕。周日回家的时候我也经常跟父母明里暗里地表达对手表的渴望。当时考上师范,村上人都对我父亲说:你儿子"书包翻身"了。接到录取通知书以后的那些日子,父亲总是乐呵呵的。父母商定，要为我买一块手表，当时我的喜悦之情难以言表。那天父亲为我安顿好宿舍以后，就带着我去观前街人民商场购买手表。我跟着父亲在手表柜台前徘徊了好长时间，父亲终于决定，不买钟山牌，要给我买一块带日历的宝石花手表。那表比钟山牌的可神气多了，我把亮晶晶的表戴在手腕上，父亲反复端详着，比我更加开心。他从兜里掏出钱，有五张"工农兵"（十元钞票），外加一些零钱。父亲将钞票递给服务员的一刻，他稍稍转了一下身子，我看着父亲的背影，眼光在父亲的耳根停住了，我忽然发现父亲的耳根处已经有了好多深深的皱纹；再看父亲的头上，已经有了好多银丝。看到钞票从父亲手里递到服务员手中，再看着父亲的皱纹和银丝，我的心隐隐作痛，眼睛也酸酸的。这时，服务员已经开好了发票，父亲高兴地望着我说："好了，走吧。"父亲要去南门车站赶下午的那班公交车了。在人民路观前街公交站台，我将父亲送上一路车，父亲回头看我，简单关照了几句就上车了。我再次看到了父亲耳根处的皱纹和银丝，我又一次心里酸楚，眼眶已经热热的了。

在这之前的记忆中，父亲一直是年轻的，对我的要求一直是严格的。父亲在生活和农活方面对我格外严厉，父亲是一个老农民，或许在他的潜意识里，学会生活、干好农活是农民的孩子的根本。大概在我读初一的时候，生产队里的农田就包产到户了，我家有了近五亩田。每次农忙假，父亲都要"押"着我和姐姐下田干活。姐姐比我长两岁，农活干得不错，村上人一直对她啧啧称赞。而我是天生的笨手笨脚，特别是插秧，不仅慢，而且插的秧苗不是浮起来就是成S形。父亲可不顾我的面子，往往当着那么多人大声呵斥我，有时我会赌气逃回家。因此，对于年轻的父亲，我一直有点排斥，甚至有点怨恨。师范报到第一天父亲为我安顿宿舍、购买手表成了我对他印象的"分水岭",我从那时顿悟,父亲是爱我的,这种爱的深刻涵义是没法用语言来表达的。

如今,我不仅成了父亲,而且已经升级为爷爷,做了老太爷的父亲也越来越老了。在自己做父亲的近三十年里,我一直以我的父亲为榜样爱着我的孩子,我多么希望我的孩子也能如我一样,体会到我对他的良苦用心。令我感到高兴的是,儿子也是爱着我的,今年父亲节前一天,妻子发给我一个微信页面截屏,是儿子发给她的消息:我为爸爸买了一件衬衫,明天寄到小区。眼前浮现年迈父亲的身影,我不禁自问:父亲如此爱我,我何时给他买过父亲节的礼物呢?不过,我自我安慰着:20世纪40年代出生的父亲,我了解他对儿子的心意,他需要的不是我的礼物,而是我能把工作做好,把生活过好,能多与他聊聊天。我要把这些"礼物"作为一种常态送给他,让他能够天天都过上"父亲节"。

油菜田里的风景

　　总有人跟我说：你都50开外了，怎么还那么听妈妈的话？我的回答冠冕堂皇：什么是孝顺？顺了就是孝。其实，在我的内心，答案并非如此。

　　在我的心中，有一幅画面始终清晰。还是懵懂的童年，油菜花盛开的时节，晨起揉揉惺忪的睡眼，我和姐姐问爸爸："妈妈呢？"爸爸却是笑而不语，做着我们最喜欢的粢饭团。当我们喝完粥、吃过美味的粢饭团，妈妈回来了，满脸的笑意。我们看到她的头发上留着一朵、两朵……的金黄色油菜花，顿时明白了，妈妈又到田里给油菜除草去了。当时还没有包产到户，田地都属于生产队。油菜花开的时候，也是田里猪草长得最茂盛的时候，土壤疏松，不用镰刀，就能一大把一大把地将猪草拔出，爸妈规定的割猪草任务轻而易举就能完成。多余的时间，我们就能在油菜田里抓黄蜂，把黄蜂身子拉下，能吃到如琥珀一样的蜜糖。这是我们童年的开心事。每当这个时候，我们这帮如调皮猴子般的孩子就再也不被允许到油菜田里割猪草了，因为队长怕我们把油菜花给糟蹋了。除草的任务就落在了妈妈那帮生产队里的妇女身上。妈妈所属的小队油菜田多，除草任务完成情况总是落在相邻小队后面。于是，妈妈就趁着早晨还没上工，悄悄地去田里加班加点。我记得妈妈是小队某个组的组长，她们组在小队里完成各项生产任务总是第一名。因此，妈妈总是那么自豪，爸爸有时会说妈妈有点"傻",加班加点又不加工分,但妈妈乐意。当我们问妈妈为什么那么做的时候,妈妈总会用当时已经年迈的外婆说过的那句话回答:人在做,天在看。当时的我并不能领会那句话的意思,但在我的心中,总有那么一幅画面:东方还没露出鱼肚白,金黄色的油菜田里,梳着长辫子的妈妈顾不得擦去脸上的汗水,一大把一大把清除着油菜花根下的杂草。

最早关于家长的美好记忆会在我们心里留下种子,生根、发芽、开花、结果。我和姐姐都是一年级就戴上红领巾的。当时我们在村里的小学读书,四个年级一个班级,两个老师。当时的规定和今天少先队组织的规定不同,不是适龄儿童都入队。只有优秀的孩子才能在一年级就戴上红领巾。戴上红领巾的姐姐和她的伙伴们是我的榜样,用今天的话来说是我的偶像。我还没入学,就和姐姐的伙伴们一起给生产队的猪割草。到今天还是记忆犹新:负责给生产队养猪的是一个老爷爷和一个老奶奶,我和姐姐的伙伴们往生产队的猪圈里倒草的时候,都是瞒着养猪的爷爷和奶奶的,因为我们都记着妈妈给生产队除草时的无私。

在学校工作了三十多年的我,已成为学校的负责人,学校近2000个孩子都认识我,而且大部分学生遇到我的时候,都会非常亲热地称我为"校长爷爷"。我喜欢这样的称呼,因为"爷爷"一听就是"和善的老人"。

记得到胥口实验小学当负责人的第二年,新学期开学,有位年轻的妈妈来到我办公室,她30来岁,看着却很沧桑。经过了解,她有位脑瘫的女儿,想申请在我们学校上学。她是我们学区的,可以在我们学校上学,但也有特殊学校,能更有针对性地教学。但那位妈妈跟我说他们的家庭境况不是很好,而且女儿很希望在普通学校上学。那天,女孩是跟着妈妈一起来的,我看着那位妈妈身边的小女孩,她很紧张的样子,但还是朝我一笑。那一笑让我有点心痛：那哪是笑啊！就是一个龇牙咧嘴的表情。看着这位用心良苦的妈妈，我不禁想到了我的妈妈。我和我的团队商量以后，决定收下那个孩子。在孩子入学以后，我几乎天天会去班级看看她。我也给她买了很多书，都是励志的，从拼音版的到少年版的。五年过去，只要她发现我在看她，就会给我一个"龇牙咧嘴"。从班主任那里了解到，孩子虽然成绩不是很好，但很努力，也很懂事。

　　工作一天回到家，看到身体健康、精神矍铄的父母，我会感到很安逸。妈妈因为年岁大了，跟好多妈妈一样变得有点唠叨，但我喜欢听这样的唠叨，而且妈妈的什么关照我都会答应。因为在我的心中，一直存放着那个年轻的妈妈在油菜田除草的画面。

一盘小青菜

父亲把一盘小青菜端上桌，我和妻子对望了一下，分别夹起一筷子，很满足地咀嚼着。父母看着我们很享受的样子，开心地笑了。他们跟我们打了招呼，回自己家休息。我和妻子继续享用着这盘青菜，好长时间没有言语，我清楚，妻子的感受和我一样，一时无以言表，五味杂陈。

父母决定，明天到我们家过七月半。在我们家乡，除了清明、冬至，七月半也是一个很重要的祭祀祖宗的日子。父母今天一早就去菜市场采购了鱼、肉、百叶、黄豆芽等好多必备食材，提前一天就采购好，足见父母对过七月半的重视。早上的一幕一直在眼前：我和妻子正在用早餐，父母手里拎着、肩上背着好几个袋子来到了我们的住处，一本正经地说道："明天过七月半。"我和妻子马上正襟危坐，我对父亲说："知道了，明天我留在家里。"父亲脸上掠过一丝笑意，走进厨房去了。我们这才舒了一口气。这么多年来，我们清楚父亲的脾气，对于祭祀祖宗这件事情，他一直是比较严肃的，我们懂得他这样做的用意。当然，父母前一天就能够安安心心地购买过节需要的物品，是因为改革开放以来，特别是党的十八大以来，生活富裕了。我们小辈都在上班，工资待遇不错；父母虽然是农民，但也有农保那一块不错的收入。

白天，我和妻子都上班。傍晚回到家，闻到了阵阵鱼、肉等菜肴的香味，我们知道，父母为了明天顺利过七月半，已经

"隔夜落桌"，把重要的几样菜肴都准备好了。我们也清楚，这几样做好的菜肴今天只能欣赏，不能品尝，必须明天祭祀过后，才能食用。这是我们从小就懂的规矩，其实也体现了我们对祖宗的孝敬和尊重。不过，父母早上采购的时候，另外买了几样我们喜欢吃的菜，他们把这些菜也做好了，色香味俱佳。父亲满面红光，问是否喝点酒。我满口答应，并让妻子也陪着我们小酌一杯。我们边用晚餐，边回忆着过去的家庭生活，父亲感慨地说起了他的父亲和母亲，甚至说到了他的爷爷奶奶辈。我和妻子则回忆着结婚快三十年来与父母的和睦相处。我们都很满足于过去和今天的家庭生活。

父亲已经把一杯红酒喝完了，已经微醺，表示不想再喝。父母都熟悉我的脾性，很和蔼地跟我说："你想喝就再喝点，今天开心可以多喝一点点。"我酒兴正浓，让妻子继续陪我喝。父母开心地陪我们聊了一会儿，想散步回自己家休息了。临走，母亲望了一眼餐桌，忽然对父亲说道："都是荤菜了，你去炒个小青菜给他们吃。"我立即制止："你们走吧，要吃我们自己会炒的。"父亲已经去了厨房，我们听到了洗菜的声音。妻子想进厨房，被母亲拦住了。不一会儿，听到了起油锅的声音。不多时，父亲将一盘小青菜端上了桌。

那是一盘碧绿的小青菜，单看那颜色，已经能够喝下半杯酒去。夹一筷子，细细一嚼，嘴里溢满了青菜特有的清香。我发现父亲一改平时的做菜习惯，这盘小青菜炒得特别清淡，他特地少放了菜油。我清楚父亲的用意，刚才一起用餐以荤菜为主，现在得清淡些了。父亲一直记着我的体检情况——血脂较高，一直叮嘱我清淡饮食。现在，母亲让他给我们添个蔬菜，他也没有忘记让我健康饮食。

父母走出了餐厅的门，看着他们日益老去的身影，嚼着父亲特意给我们做的小青菜，我的眼眶有些发热。明天，一定好好和父母过七月半,给我们的祖宗真诚地多磕几个头。

孝亲敬长,家庭和睦,是我们中华民族的传统美德,也是年迈的长辈希望我们传承的优秀家风,更是习近平总书记提出的要继承中华优秀传统文化的落地之举。

"叫名头"师父

　　一月一次的区教育局挂牌督学，我们迎来了三位已经退职的老校长为学校工作把脉。我还是按照惯例迎接，第一个握手的是原西山中心小学的金校长："欢迎金校长，欢迎师父前来指导！"然后同另外两位校长握手。还没等我与其他两位校长寒暄，金校长便微笑着同另两位校长和我们学校的陪同人员打趣道："柳校长一直客气，他叫我师父，实际是'叫名头'师父。"什么是"叫名头"师父呢？"叫名头"是吴方言中常用的一个词语，在金庭（西山）似乎用得更加频繁，"叫名头"师父，表示不是真正的师父，这个师父并没有教徒弟什么本领，只是一个"名分"而已。每当金校长同大家这样表达的时候，我则会不厌其烦地据理力争："金校长是我名副其实的师父！"这时候，大家都会哈哈大笑，人群中充满着友好、和谐、温馨的气息。

　　关于我和金校长的"师徒"关系，一直可以追溯到20世纪80年代末期。我从初中开始，特别是就读新苏师范以后，一直把写东西作为一种兴趣爱好。及至师范毕业，来到胥口中心小学从教，领导安排的工作正好是高年级语文教学。因此，我一直把自己写东西与教学生写作文结合起来，经常动员孩子们投稿，自己也尝试着给《苏州日报》或者更高级别的报刊投稿，我和学生们都小有收获。当时，我们教导主任喜欢写诗，他的诗作十分频繁地发表在各种报刊上。但我没有写诗这个天分，我喜欢的是写散文和地方故事，教导主任一直说要带我拜一个师父。应该是1989年初夏，光福片开展评课选优活动，当时采取的是片里出线参加县里比赛的方式。光福片的一把手校长和教导处主任到各校听年轻老师的课，把优秀的课推荐到县里进行决赛。赛课的事情到今天已经十分模糊了，拜金校长为师则深深地印在了我的脑海里。记得那是一个午后，我上午比完了课在办公室做事，办公室门前的广玉兰盛开着，缕缕芬芳扑鼻而来。忽然，教导主任急匆匆地赶到我们办公室，开心地跟我说："小柳，今天我帮你找了一个师父。"我有点丈二和尚摸不着头脑。他继续说道："快出来！"我走出办公室，眼前是一个约莫35岁的老师，身材矮小，穿着朴素，含笑的眸子里有说不出的亲切和智慧。"这就是青年教师柳永忠，平时喜欢写作。"教导主任向那位老师介绍。那位老师来到我跟前，拍着我的肩说道："刚才我听了你的课，年轻人不仅课上得不错，业余还喜欢写作，难能可贵。"我则羞涩地回答："课上得不好，文章只是随便写的。"接着，教导主任向我介绍了那位老师，原来，那位老师是当时西山石公中心小学的校长，被教育局领导和全县校长誉为"吴县才子"，经常在《苏州日报》《吴县日报》等报刊发表文章，擅长写散文和西山地方故事，已经出版了两三本个人散文集。我顿时心生敬佩。"怎么样？要不我来做主，你就拜金校长为师！""好啊！"我当然十分愿意。从那一天起，无论在什么场合，我都叫金校长为师父了。

拜金校长为师以后，我确实没有正儿八经地去金校长办公室或者家里，像传统拜师学艺那样成为"入室弟子"。但是，在三十多年时间里，每次和金校长接触，他都会把创作的心得体会传授给我。他出版图书，会第一时间签名送我；而我偶尔在报刊发表文字的时候，他会第一时间给我鼓励，同时，也会毫不客气地指出"这样表达会更好""立意再深一点、文字要更含蓄一点"……

其实，金校长不仅是我文学创作的师父，也是我做人、做老师、做校长的师父。这不，这次在督学现场，金校长教育我们："学校领导，更要多为老百姓做点事，要竭尽全力，特别是要多帮助困难家庭……"

督学结束，老校长们将走的时候，我们向他们挥手"拜拜"，我又边挥手边向金校长说道："师父，慢走！"我分明看到，夕阳的光辉洒满了金校长慈祥的笑脸。我不禁想，这样的师父难道是"叫名头"吗？

母校的老师

    那天,我初中母校的袁校长带领他的团队到我校开展小初衔接活动。在活动过程中,袁校长很自豪地讲道:学校数十年来积淀的文化传统促使一代又一代教师迅速成长,他们不仅师德高尚,而且业务精良。他没有用理论概括,而是用了案例,说到了一个年轻老师的故事。这个年轻老师所教班级的成绩在年级名列前茅,其中一个重要原因,是他对工作高度负责。有一次,课后延时服务结束,约莫傍晚六点钟光景吧,有个学生向这位老师请教一道题目。本来以为这道题目很快就可以解决的,哪知道这位学生就是搞不懂。于是,这位老师耐着性子苦口婆心一遍又一遍地教。学生终于把题目搞懂了,这位老师又给自己和学生点了外卖,两人吃过晚饭,老师又为学生打了车,让学生安全回家。

    袁校长和他的团队还讲述了很多老师的感人故事,我听着除了感动和觉得温暖,还似曾相识。我忽然想到"传承"这个词来,袁校长他们的讲述使我回到了我的初中时代。

    我初中的语文老师兼班主任——马老师,作文和文言文都教得相当了得,全县一流。他教出的学生,不管是考上大学的还是初中毕业就拜师学艺或从事其他工作的,都因为语文学得不错,尤其是作文(包括口头表达)胜于周围人而干得相当出色或者轻松自如。比如,我们的班长,语文功底相当好,作文一直被马老师作为范文在课堂上读出来,后来考取上海某著名高校，毕业后在外资企业工作，升职速度相当快，现在自己创业干得风生水起。我们另一位同学初中毕业后学习香山帮古建手艺，手艺当然不错，但他更善于与人交往。20世纪80年代中后期，我们踏上工作岗位，工资只有两位数。有一次，我们几个要好的同学去找马老师，马老师把那位学习手艺的同学也请来，并告诉我们那位同学已经是"万元户"了。在后来的交谈中，我们感到这位同学口才极好，这才回忆起来，当初只是因为理科有点"折脚"他才没有考上高中，其实他的作文是写得极好的。于是，我们纷纷感慨：初中能够遇到这样一位优秀的语文老师，真是一生的幸运。

说起马老师，除了想说他业务功底好、教学水平高，更想说的是他跟袁校长说的那位年轻老师一样有着高尚的师德。

我们都知道马老师有很多爱好，但最喜欢的还是写作，当时班级里黑板报上的文章，很多都是马老师的原创。《吃辣椒酱的启示》告诉我们辣椒酱虽然辣，但是有豆腐干、黄豆，甚至小肉丁的意外收获，使我们初步知道了写文章怎样做到寓意深刻。20世纪80年代初期的初中，没有练习册，更没有社团或者兴趣班。马老师就把班级里十来个喜欢写作文的同学组织起来，成立了写作兴趣小组。印象最深刻的是马老师给我们淘兴趣小组教材的事情。当时我们胥口的小镇上没有新华书店，木渎有一个，好像也是借用了消防队的房子，里面的书相当少。马老师不知道从哪里搞来一本初中生作文选，当时这样的书很难得。那次上课，马老师扬了扬手里的作文选，告诉我们要帮我们每人买一本，我们都很兴奋。那天他告诉我们，木渎新华书店的朋友给他信息，书到了。于是，他问学校借了唯一的长征牌破自行车——美其名曰学校公车，到木渎新华书店去为我们买教材。我们在学校里等了很久很久。夜幕即将降临，我们透过破旧的校门看到那辆破旧的自行车正在驶向校园。我们高兴地迎上去，马老师开心地告诉我们"教材买到了"。我们都欢呼起来，只见自行车后面的架子上有一捆沉甸甸的书，我们也看到自行车轮子上沾满了泥巴，马老师的裤腿上当然也满是烂泥。至于教材的费用，马老师没有问我们收取，我们这些农村的孩子是"不知者无罪"，教材竟然拿得心安理得，现在想来实在有点惭愧。

像马老师这样的老师，在胥口中学有很多：化学老师深度近视，眼镜在课上坏了，继续"摸索"着上课；英语老师看见有的学生家里没人送棉袄，把自己的东北大棉袄给学生穿……所有这些，就是再过二三十年，我们这些曾经的胥口中学学子也不会忘记的。我相信，那些最宝贵的东西也会在我的母校一直传承下去！

"一歌"之师

一字之师大家都熟悉，我所说的"一歌"之师是怎么回事呢？那要追溯到1983年暑期。

那一年中考分数公布，我的分数超过了我所填报志愿的中师学校新苏师范的录取分数线，远远超过了当时我们吴县最好的高中木渎高级中学的分数线。我父母在与班主任、校长关于读高中还是读师范进行拉锯战后，让我这个还处于职业规划懵懂期的初中毕业生做主。当时包产到户，我家有五亩多田，农忙期间，我爸一直很严肃地把我赶下田干活，插秧、收割、脱粒等样样都要学，一个农忙简直能把人累垮。因此，读高中还是读师范这个选择的机会在我面前时，我想都没想，毅然决然地选择了师范，因为这样可以直接跳出"农门"，成为城镇户口。不过，并不是分数超过新苏师范录取分数线就一定能够读那个学校的，还必须过两关：体检和面试。体检当然一般不会有问题，面试还是有点担心的。当时国家办中师，培养的目标是类似今天的"全科医生"那种人才，也就是中师毕业以后，你必须什么课都能上。语文、数学没有问题，艺术课是必须有专业技能的。因此，面试要看看我们美术和音乐的基础。我和另一个拟录取的女同学都特别担心音乐基础不行，据说面试不但要会唱歌，还要张开手指在钢琴上试验能不能"跨八度"。

20世纪70年代到80年代初期的基础教育，语、数、英学得很轻松，因为那时的父母不像现在的父母那么"卷"，小孩子如果不能"书包翻身"，那么读到什么水平就什么水平，一出学校大门，学一门手艺，或者就管好自家的那几亩田。音、体、美这些学科，就更加不重视，简直就是可有可无。在我的记忆里，从小学到初中，都没有专门的音乐老师。我们初中时的音乐老师陈老师是兼任的，他的语文教学水平很高，后来被调到吴县最好的高中担任语文教研组长。他会拉二胡，那时没有音乐课本，陈老师就边拉二胡边教我们唱锡剧《沙家浜》等戏曲片段。因此，我们只会唱村头的大喇叭里反复播放的烙印在童年记忆里的《东方红》《国际歌》等。读师范面试要唱歌，而且要唱当时流行的校园歌曲，我们有点犯难。

面试之前，班主任通知我和那位女同学去学校，由专门的老师对我们进行美术和音乐辅导。辅导老师来了，我有些吃惊，竟然是费老师，也就是那位女同学的爸爸。我们刚进中学的时候，费老师还在校办厂，他创作的国画很有名，据说在当时的吴县乃至苏州大市都有一定的知名度。后来他从校办厂转到学校，教过语文、政治等学科。费老师给我们指导美术面试的内容，我就不再赘述，因为这是他的本行。费老师能够辅导我们音乐，我有些吃惊，当然我那女同学并不吃惊，因为她清楚自己父亲的多才多艺。费老师坐到风琴前，先教我们手指"跨八度"，然后弹奏音阶并让我们听音"哆来咪……"。这些都容易。最难的是要学会唱当时流行的校园歌曲，费老师为我们选择的是《外婆的澎湖湾》。费老师在风琴上弹奏，那跳跃的手指使人看着舒服，那悦耳的旋律使我感到赏心。但是，当费老师教我们唱的时候，我感到很难找到音准。女同学学得很快，我却一直走调。费老师不厌其烦，一遍遍帮助我纠正。他对我们俩要求都很严格，只要有一点差错，就让我们自己感受并纠正，直到他满意为止。去新苏师范面试，费老师和班主任一起送我们前往。来到面试音乐的那位老师面前，我竟然一点都不紧张，因为《外婆的澎湖湾》我已经能够非常熟练而且很有乐感地演唱了。

那天，80多岁高龄的费老师来我们实验幼儿园参加一个美术活动。活动间隙，我把费老师辅导我师范面试，教我唱歌的故事讲给其他画家听，画家们都感到吃惊，纷纷说费老师是我的"一歌"之师。随后，我们一起开心地哼起了那首熟悉的歌曲："晚风轻拂澎湖湾，白浪逐沙滩，没有椰林缀斜阳只是一片海蓝蓝，坐在门前的矮墙上一遍遍幻想……"

胸中丘壑

惠中兄画作中的山水已然具有自我的个性，而这样的个性，完全来自他胸中之丘壑。我所说的胸中丘壑，并不是他经常外出写生，将大自然的神奇完全融入记忆的仓库，因为对于国画创作，我完全是个门外汉；我对于惠中兄画作的理解，是对他为人处世、人格修养的解读。

我的眼前经常会出现这样的一个画面：香山脚下的农家小院，一位慈爱的老人，一边咪（"咪"为方言发音，指小口喝酒）着小酒，一边看着身旁的小男孩照着连环画专心地临摹。当小男孩拿着得意的"作品"请爷爷欣赏的时候，爷爷会跷起大拇指啧啧称赞："画得比连环画上的还好，看来，我们蒯家要出一个画家啦！哈哈……"爷孙俩同时笑起来，笑声在小院里回荡，又飘进小院后面的香山山谷，飘向小院前面渺茫的太湖。

这是我与惠中兄喝茶聊天时，他不厌其烦描绘的儿时懵懂期画画的情景。我能理解，他要表达孩童时期与爷爷在一起沉醉在山水之间的幸福，表达对爷爷深深的怀念，以及今天能够在书画方面取得骄人成绩与爷爷从小对他的鼓励是分不开的。

惠中兄与我夫人是堂兄妹关系，用我们苏州人的话来说，他是我的"堂房阿舅"。由此，我有幸经常聆听他对于书画之外一些话题的见解，而这些见解，亦能从他的画作中体味到。惠中兄有两个姐姐、一个弟弟，各自的家庭都经营得相当好。父母把他们四个孩子抚养成人，帮助他们成家立业，他们都能够体会到父母的辛苦与不易。父母年事已高，他们都建议父母不要再忙碌，闲下来享享清福。可是，惠中兄的父亲怎么也不听儿女劝阻，依然忙碌于他的手艺——用竹子敲打藤椅的架子。惠中兄曾经还因此与父亲怄气。后来，他终于悟出了父亲不肯闲下来的道理，也不再与父亲怄气，而是支持父亲继续敲打他的藤椅架子。他跟我说过其中的缘由，并且让我也要如此对待父母。惠中兄告诉我，他的父亲不肯放下藤椅架子，是因为他不肯丢掉自己的手艺，因为他能够从中看到自己的价值。他跟我强调：什么是孝顺？顺着父母，那才是真正的孝！在胥口镇为惠中兄加入中国美术家协会举行庆典的时候，他首先请出了他的父母，他深情发言："是父母的淳朴和勤劳，使我从小受到教育，特别是父亲对于敲打藤椅架子的坚持，使我在书画创作方面能够坚持下来，并一直走下去！"

文人相轻，同行相轻，是心照不宣的事实。我们胥口镇是中国书画之乡，很多从事书画创作的惠中兄的同龄人都通过不懈的努力，登上了书画界的不同的平台。胥口镇有全国著名的中国书画市场，那些画家们靠着自己的创作发家致富。当大家的创作和经营到达一定的阶段，总会遇到发展的瓶颈期。这时候，书画市场内的画家们就有了所谓的"帮派"。当我问及惠中兄是否有这样的感觉的时候，惠中兄呵呵一笑："永忠，大家从年轻时一起走到今天，能为胥口镇撑起这一片书画的天空，那是不容易的。"继而又说道："反正，我们堂堂正正做人，如果我能为大家做些什么，我都会竭尽全力。"这股风很快因为胥口镇、吴中区文联及美术家协会的各种活动而平息了。而惠中兄，是吴中区美术家协会主席兼吴中区文联副主席。

我除了喜欢和惠中兄喝茶聊天，也喜欢看他创作或者欣赏他的山水作品。我看到的惠中兄，笔下的山总是厚实的，水总是灵动的。这完全来自他心灵深处的山和水。

墨春兄的"一"和"二"

　　发际线生得很高，天庭饱满宽阔；浓墨似的八字须，使人能够马上想到鲁迅先生；说话前先呵呵笑几声，说话时往往会带上浓重的香山口音："欧呦，不得了哇！"然后是爽朗的笑声——这就是墨春兄。

　　墨春兄现在是我们太湖边乃至苏州市、江苏省知名的画家，他是正式拜过师的，师父是已故上海著名画家郁文华先生。郁文华先生人称"郁牡丹"，现在已经很难得到他的牡丹真迹。墨春兄不大画牡丹，懂画的人都说墨春兄学的是郁文华先生国画中的神韵。所以经常听道内的朋友这样评价：墨春兄的画作线条是"仙"的；他的作品更多的是能使人展开无限的遐想，悟到人生的某些道理的。

　　我不懂画，但是和墨春兄相当有缘，读初中的时候就认识他。当时，他在我就读的胥口中学画筷笼——在塑料的筷笼上画几根树干，再画几片树叶，上面有一只或者数只鸟。他和其他几位画工就在我们教室隔壁工作，我和几个同学经常去看他们画筷笼，当时的印象是墨春兄画的鸟好像真的会从筷笼上飞起来。等我师范毕业开始教书，墨春兄已经小有名气，当时胥口镇成立了香山书画研究会，他荣登会长宝座。镇里在当时的吴县人民广播电台专门为他们做了一档节目，我和一位女教师去苏州东大街上的吴县人民广播电台播音，我还清楚地记得记者的稿子里有这样一段内容："胥口镇香山书画研究会青年画家在全国农民画比赛中取得了不菲成绩，其中朱建忠的《家乡的果园》荣获全国一等奖……"朱建忠即墨春实名。后来墨春兄的画室由今天度假区墅里村冯港里搬到了胥口镇上的中国书画市场，我和墨春兄的接触就变多了。

墨春兄和我一样，很相信人与人之间的缘分。我们没有接触几次，就成了很要好的弟兄——不是酒肉弟兄，因为墨春兄几乎不喝酒，更不抽烟。我们坐在一起，就是纯粹聊天，聊的内容倒是蛮高档的，比如我不懂的书画，比如我喜欢的文字——墨春兄也喜欢文字，其实他国画作品的意境就是用线条、色块等表达的他内心的文字。到目前为止，我们的关系是，我一直用香山闲话喊他"阿哥"，他则用更地道的香山话直呼我"永忠"或者"兄弟"。据说现在他的画作已经相当值铜钿（钱）——有个浙江书画商人愿意用千万元人民币将墨春兄的画作包年。但是，墨春兄从不和我谈他书画作品的价位，最使我感动的一句话是："兄弟，我工作室的作品，只要你欢喜，尽管卷得去。""卷得去"即拿去，当然，我是不会这样做的，我一般只欣赏，而不夺人所爱。再说了，墨春兄靠书画吃饭的——尽管墨春兄并不这样认为——我必须牢记"民以食为天"这句古话。

虽说我不懂画，也不随意卷去墨春兄的作品，但我喜欢对他的作品胡乱点评。在最近的十来年时间里，我对墨春兄画作评价的关键词是很简单的两个字："一"和"二"。应该是在十年前吧，墨春兄的画作中出现的主角往往是"一个""一只""一条"。他和我同在太湖边长大，看得最多的就是各种鱼儿和鸟儿。墨春兄笔下的鳜鱼，绝不会使你想起"清蒸鳜鱼"这样残酷的画面，而是一种"桃花流水鳜鱼肥"的意境；他作品中的鸟儿也不会使你联想到笼中的宠物鸟，而是自由的天使。但是，在那个阶段，我在读墨春兄作品的时候，发现了一个奇怪的现象，那就是他无论画鳜鱼还是鸟儿，都是"一条""一只"。曾经无数次地和他探讨其中的缘由，他要么用深邃的眼神望着我不说话，只是呵呵一笑；要么笑话般地跟我说："另外一个还没有出现。""那一只在耐心等待另外一只。"我不懂其中的深意，但我知道墨春兄那阶段好像有点低沉。因为他本人和身边几个弟兄日子都有点难过，他的创作似乎也遭遇瓶颈。

终于，墨春兄的画作中有了两条鳜鱼、两只鸟儿，或者一群鳜鱼、满树鸟儿。那是墨春兄陪我去拜望一位书法家、向书法家求字回来后我发现的。

那一年，领导叫我负责一所新学校，墨春兄为我的进步而高兴。我们把我校的办学特色确定为"书香校园"。需要请书法家在校园的主题雕塑上题写"书香致远"四个字，我想到了我敬仰已久的在太湖边工作的那位书法大家。但是，我跟那位书法家不认识，托了好几个朋友一同前往都没有成功。我找到了墨春兄，墨春兄竟然满口答应下来，原因还那么简单：他当时在太湖边自己家创作的时候，那位书法家经常到他家去，还经常在他家吃冷饭（就是下午的点心）。这简单的原因里面蕴含的是美好淳朴的乡土气息。墨春兄很容易地为我求到了"书香致远"，不过，墨春兄是带了他的一幅画作去交换的。回到墨春兄的工作室，我相当兴奋。蓦然地，我发现墨春兄的一幅画作中竟然出现了两只鸟儿，看鸟儿的神色，它们正友好地交流着。再看墨春兄的其他作品，其中的主角也大多不再是"一只""一条"……而是成双成对或者是一群一群了。

我再次请教墨春兄，他神秘一笑，又是那句熟悉的话："欧呦，兄弟不得了哇，学校办得好，还能发现阿哥创作的秘密。"那一刻我确实还没有完全领会其中的奥秘。后来听其他弟兄说，墨春兄近来身心阳光，因为一起的弟兄都进步蛮快，生活相当舒适，他自己在创作的道路上也有质的飞跃。

　　我这才明白，墨春兄画画，除了换柴米油盐，更多的是善良心境的表达。

"五柳"的酒与画

　　这个八天长假,上级部门规定原则上不能出苏州大市,我只能窝在家,要么在窗下的阳光里休闲地读点书,要么敲击键盘"码"点文字,还不时刷刷微信朋友圈。晒吃、晒玩的不经看,我总是把目光久久停留在微信名为"五柳"的书画作品上。"五柳"在书画方面很勤奋,书画界的朋友都说他"有灵气",这一点我是深信不疑的,因为他是文人画家,或者说是老师兼画家。他20世纪80年代由常熟师专毕业以后就成了乡镇中学的一位语文老师,后来工作调动,到职业学校任美术老师,现在是香山街道社区教育中心主任。不管职位如何变化,他有两个习惯一直没变:喜欢喝点小酒,喜欢创作书画作品;小酒过后的创作更显灵气。不过,他反复跟我们强调,他不是创作,是喜欢玩玩书画。我们一直认为,喜欢一样东西,达到"玩"的境界,那更加不简单。身边几位已经是国家级、省级美协会员的同龄画家都对"五柳"赞赏有加。因此,难得的大家都闲的时候,我和几个书画界的好弟兄往往会邀请"五柳"喝点小酒,然后看他"玩玩书画",彼此都觉得是一种享受,人生的享受。

　　"五柳"老家香山,是我要好的弟兄,或者可以尊为"师父",我们俩的交往就是从文字和书画开始的。20世纪80年代中期,我和"五柳"师范毕业后同在胥口镇上教书,他教中学,我教小学。他喜欢玩书画,我喜欢玩文字。那一年,镇里成立了香山书画研究会，镇政府为他们在文体中心的一长排橱窗里布置了青年书画家介绍和书画专题作品展。我不太懂书画，但专题展的那些文字将我深深吸引：不仅撰文简洁传神，而且字也写得好，遒劲的行楷，跟展出的书画作品——当然也有"五柳"的画作——不相上下。读到最后，知道了撰文和书写这些介绍文字的就是"五柳"。从此，"五柳"这个名字就留在了我的心里，尽管就在同一镇上教书，却一直没有机缘谋面。

相识的机会是书画展后第二年的教师节给的。镇党委、镇政府给全镇教师开过教师节庆祝大会以后，大家纷纷回家了。骑车到胥定桥，那桥的坡度比较大，一般像我们这种"手无缚鸡之力"的先生是骑不上去的，只能自我解嘲，称之为"文雅地推行"。就在推行上桥的过程中，我听到前面有人在和"五柳"打招呼，我迅速追上前去，来到那个被称为"五柳"的人面前。只见那人深度近视，眼镜片如瓶底，透过"瓶底镜片"的是光亮、慈善的目光；稍显瘦削的脸上带着的是春风般的笑意。"'五柳'好，我是胥口中心小学的柳永忠。"第一次见面，我觉得我们俩就如久别重逢的好友一般。"你是柳永忠？久闻大名。"两个"柳"姓的弟兄一见面就互相吹捧。于是，太湖边香山运河畔的石子路上，我们情投意合地交流着。我将拐弯上新村桥进我们郁舍村了，"五柳"家在后一个村——姚舍村。我热情地约"五柳"去我家咪点小酒继续交流书画文字、人生三观，"五柳"竟然一口就答应了。"五柳"第一次到我家，我爸妈都很欢迎，地头上有自家种的蔬菜，煎几个蛋，炒一盘花生，去村头熟菜店买几个冷盘，就是下酒菜了。两瓶"束腰身"洋河摆上，叫来了专职从事书画创作与经营的发小真一，酒越喝越香，话越来越多。两个酒瓶见底，"五柳"忽然来了兴致，要到真一家去玩玩书画。那一天"五柳"画了什么，我已经记不起来了。只记得一个细节，玩过书画回家的时候，"五柳"骑车时连自行车脚踏都找不到了。而那幅画被真一珍藏了，拆迁前一直挂在他家墙上。

　　20世纪80年代末到90年代中期，教师队伍似乎有些不稳定，很多人跳槽去经商或者去经济效益理想的单位了。那个阶段，去"五柳"家，看他一直不开心，有时和他咪点小酒，他也不太愿意玩他的书画。从他的言语中我了解到，香山书画研究会的成员大多因为书画行业飞速发展而发财了。"五柳"的父母似乎有让他离开学校的想法，或者边教书边画画赚点外快，但两者"五柳"都不太愿意。当时我正在恋爱之中，月收入两百多，女朋友在镇办企业，收入是我的两倍多。"五柳"长我两岁，父母也催着他找女朋友。于是，我现身说法，和"五柳"讨论"提高自我地位"的策略，经济收入成了我们共同的话题。经过反复斟酌，"五柳"终于决定从书画的"神坛"走下来，业余时间通过自己的"手艺"赚点外快，并动员我一起从事这个"画画赚外快"的行当——由他负责教我画水乡。

　　"五柳"教我画水乡可是毫不保留，而且授之有方。根据我在师范里打下的美术基础，他让我先临习名家的作品，杨明义、刘懋善、舒益谦等水乡画家就是那时候知道的，直到今天还没有忘记。"五柳"对我的好，不仅仅是教得得法，更重要的是将画画的"秘笈"也和盘托出传授于我。那时候，水乡画特别好卖，因为苏州是江南水乡，书画商人到苏州钟情于水乡画。而水乡画的"肌理"表达是需要一定的技巧的，尤其是颜料中的添加剂，那里面有创新的成分。有多少人想从我们香山水乡画高手中学到这些功夫，但高手们一般是不肯传授的。"五柳"却全部教给了我。那是一个暗星夜，"五柳"邀请我的时候只说约我去他家咪小酒。这次只有他的家人和我，没有任何外人。我也不知道"五柳"要传真功夫给我，因此，酒喝得有点高。我能感觉到"五柳"心情特别好。酒足饭饱，"五柳"

将我引到了他的画室，以他惯有的和善的笑脸看着我："永忠，今天教点真功夫给你，好好看着、记着。"然后他摊开宣纸，一得阁的墨香弥漫在画室中，五彩的颜料经过特殊添加剂的作用，在宣纸上呈现夺人眼目的效果。"五柳"的凝神使我很快从酒意中醒过来，听着他不断地"当当"敲着墨盆和颜料盆，我完全沉浸在他的"玩画"的境界里。不知不觉，时间已过半夜十二点，我们都清醒了。送我出门的时候，"五柳"感慨道："其实，我并不想用画赚钱的，那没意思，玩玩才有意思啊。"

如今，"五柳"的公子名牌大学毕业即将成家，"五柳"又回到了"玩画"的境界之中。这不，小长假期间，天天有书画作品数幅在微信朋友圈发布。这天上午，我看到他微信朋友圈里一幅漂亮的书法，他强调"只是练字"；又看到一幅很有意境的花卉作品，名"花非花"。我不禁产生一种冲动：请"五柳"喝酒去！

随天怎么看

师兄跳出体制从教师变成商人，成为苏州制冷行业的知名人士已经二十多年。这次，他邀请我们到他公司小聚。他邀请了两位老校长和一位新生代校长，老校长一位80岁，另一位60多岁，新生代校长40多岁。新生代校长开车，我和两位老校长谈笑风生，回忆着珍贵的过去。两位老校长把我从普通教师培养到中层领导、副校长、校长，其实，现在我的成长依然受着他们的影响。新生代校长则后浪推前浪，使我不敢有丝毫的懈怠。师兄邀请他们，或许也有这样的想法吧。

驱车一个多小时，来到位于苏州工业园区的师兄的公司。他购买了整栋四层的公寓，公司集办公、科研、接待等于一体，不豪华，但给人一种文化的气息——有文化的企业发展潜力是巨大的。师兄走出来迎接我们，两位老校长非常开心和激动，我则一如既往地与师兄开玩笑："大公司毕竟不一样。"师兄假装生气地把我说了一通。我们谈笑着来到了接待室。接待室有向守志将军为师兄作诗并书写的书法作品，这使我马上正襟危坐。对面墙上是另一著名人物书写的一个"挺"字，百度了一下，或许师兄是取其义"杰出""硬而直"，或许远远不止这些。

在师兄的接待室，我们欣喜地看到了数十年没有见到的徐老师。师兄请来徐老师，或许有他特殊的安排。但有一个意思我心知肚明。我就是通过师兄认识了徐老师。徐老师是当时我们胥口辅导区乡村完小——水桥小学的一位老师，师兄师范毕业第二年被调派到这所学校。第三年，师兄调到胥口中心小学，我正好师范毕业，和师兄在同一所学校。一次全辅导区教师会结束后，宿舍里来了一位和蔼的老教师，他就是师兄在水桥小学的同事徐老师。记得师兄很兴奋地向我介绍着徐老师，中心思想是在水桥小学工作一年得到了徐老师的很多帮助，最重要的是懂得了人生应该乐观向上，做教师的必须是聪明之人。还有一点师兄也做了强调，徐老师既教书，还负责校办厂的工作，不仅教书成绩好，而且校办厂的效益也很高，为提高教师待遇做出了贡献。师兄表示他很佩服这样的老教师。从此，徐老师也成了我崇拜的老教师。眼前的徐老师已经84岁，但是根本看不出来，除了多了一些白发，依然精神矍铄，而且一开口就相当幽默，还是印象中三十多年前的老教师形象。

在师兄公司食堂用餐，师兄用的是从农村请来的一位"土厨师"，因此，席上就是小时候吃年酒的那些熟悉的菜肴：百叶塞肉、油豆腐、大块的红烧肉、大块的清蒸咸鱼——师兄特地向我们介绍了"土厨师"的一道拿手菜——红烧素鸡，一口就吃出了小时候的味道，在座的每一个客人都啧啧称赞，连连说"这样的味道好久没有享受到了"。酒过三巡，话语更多。师兄领着嫂子一个个敬酒，每敬一人，都能回忆出一个细节或者一个场景，以此感谢诸位对他人生和事业的帮助。我也再次回忆起了各位前辈和新生代校长对我的帮助，学着师兄真诚地感谢着大家。

本来有一件事，我想好好感谢师兄的。今年六一儿童节，我到各班走了一圈以后，看到毕业班一位脑瘫的学生笑得那么灿烂，有感而发，在微信朋友圈发了一段文字。马上我便接到了师兄的电话，他一个劲地称赞着"学校做了一件功德事"，同时,想转账1000元让我给那个学生买一些儿童节礼物,但那天不知怎么回事,转账几次都没有成功。师兄让我先垫付,一定要把他的小小心意送给那名学生和那个家庭。师兄还反复关照我,这事不许声张。我答应了他,但我表达了我们学校对他的感谢。

因为这次小聚大家都很激动和兴奋,我把想当面说的感谢的话给忘记了。傍晚五点多回到家中,打开手机一看,师兄在微信上给我转了1000元钱。我再次表达谢意,并称师兄是我的"引路人"。一直以来,我和师兄都信奉这样一句话:人在做,天在看。当我把这句话发给师兄的时候,师兄回了我这样一句话:随天怎么看,做最好的自己!

我新苏师范的师兄

区统一规定的小学期末测试日，我很早就到校了。习惯性地去教学区巡视，走到三年级教学区，那些年轻的朝气蓬勃的老师都还没到，年长的丁师兄已经早早在教室了。尽管染了发，但依然能看到新长出的斑驳的白发。不过，师兄精神饱满，在班级来回走动着，不时弯下腰去进行个别辅导。与师兄同事三十多年，我理解师兄考前去教室的原因，他是要让孩子们安下心来，因为静能生慧。数十年学科教学，临考，我和师兄，还有与我们年纪相仿的老师——一般都是20世纪80年代至90年代初的中师生，都会在考前去看一下孩子们，以自己安静的心境和稳定的情绪去感染一下学生。虽然，我们这批人已经被同行们从"小丁、小柳"到直呼大名，现在更是被那些年轻的大学生尊称为叔叔甚至伯伯，但我们依然上进，期末到来，我们仍然争取着在年级能拿第一。丁师兄就是这样，不然，他何以这么早就到了教室？

丁师兄比我高一届，在镇上一起读初中的时候，我就熟悉他了，因为他在他们那一届的成绩是数一数二的。我格外佩服他的文采。记得读初中时学习张海迪，学校开展征文诵读比赛，丁师兄不仅征文写得好，诵读比赛时，他还以激昂的诵读把我们都深深震撼了。中考的时候，他以全校第二名的成绩考取了新苏师范，令我们这些学弟、学妹都羡慕不已，因为考上新苏师范，不仅意味着工作有了着落，更意味着户口会由农村转为城镇，能够一下子由乡下人变城里人了。或许是师兄的榜样作用吧，初三时我奋发努力，和师兄一样考取了新苏师范。我去苏州东大街新桥巷的新苏师范报到的时候，丁师兄正在校门口迎接我们这些学弟、学妹呢。看见我这个同乡，他对我格外热情。师兄领着我们去青砖楼宿舍的情景，到今天还历历在目。

后来，我们这对师兄弟就成了一个学校的同事。三十多年过去，记忆犹新的有两件事。

丁师兄的爸爸妈妈种丝瓜很有名。那个夏天，同样是师兄的丁师兄的同班同学从日本读完博士回来，那位师兄学的是医药，当时在医药界已经相当有名气，准备回家乡苏州发展，为国家做贡献。丁师兄在乡下的家中宴请了这位师兄，特邀我陪同。师兄弟之间也不客气，除了大鱼大肉和去镇上买的熟菜，其他就是两大碗丝瓜蛋汤，锅里还有，可以随时添。我看到那位留日博士师兄最钟爱的还是那丝瓜蛋汤。丁师兄很有心，在同学走的时候，给了他一大袋妈妈种的丝瓜，我当然也沾光拎回了好多丝瓜。后来丁师兄家拆迁，再也没有菜地种丝瓜，丝瓜从此成了我们师兄弟三人美好的记忆。或许，我们记得的是彼此的淳朴和真诚。

丁师兄入党给我留下的印象也很深刻，原因有两个：一是对他深深地祝福；二是有点羡慕、嫉妒，但是不恨。不恨，是因为丁师兄在各方面确实是我的榜样。我们一起就读新苏师范的时候，受到的最好教育之一就是"专业思想要巩固"，因此，从我们学校毕业的校友一般对教育有着深厚的情怀。当然，不仅教书本领大，而且师德高尚。丁师兄就是这样的好老师，他心无旁骛，专心教书育人。而我，在20世纪90年代全民经商的大潮中，是有点动摇的，差点也丢了学生下海去。当然，后来思想转变，向丁师兄学习，重新热爱教育，也光荣地加入了中国共产党，丁师兄还不忘向我祝贺。

　　师兄比我长两岁，到今天，我们离退休的年龄越来越近了。他也跟其他领导提出过，这样的年纪再教语文有点力不从心了，但他从来没有正式和我说过，而且，我在无数次经过师兄的办公室和教室的时候，都能看到他和年轻人一样很卖力地工作着：他戴着老花镜、耐心地辅导着身边的孩子……每次走过师兄办公室，我都很感动，感动于他默默的坚持，感动于他的低调为人，感动于他对学校工作的支持。我还惊奇地发现，师兄的忘我工作，反而使他身心更加阳光，使他的生活质量更高。忙碌真的是良药，这是我从新苏师范丁师兄的淳朴、专业思想巩固之外获得的又一启发。

校园的桂花，真香

校园里的桂树开花了，是"忽如一夜春风来，千树万树梨花开"的感觉，又有"满城尽带黄金甲"的韵味。中午，女教师们手挽着手在校园漫步，不时凑到桂花前闻一闻，满脸的惬意。一群孩子叽叽喳喳地讨论着什么，忽然，一个孩子来到一棵茂盛的桂树前，很享受的样子，马上，其他孩子也围拢来，一群孩子都在甜甜的香味中静下来了。桂花盛开的季节，校园是最美的。美的不仅是校园里飘散着缕缕花香，更是师生对校园的热爱。两千多名孩子、一百多名教师，校园里有数十棵桂树，没有一个人会去折桂，将花香归为私有。这样的美好，使我想起了数年前学校发生的一个感人的故事。

也是桂花盛开的季节，吃过午饭，我徜徉在校园里，享受着花香，享受着孩子们的天真和快乐。随着上课时间的临近，学生们都被老师招呼着回教室去了，或自觉地去书吧、阅览室享受书香去了。校园里安静下来，只有桂花香在飘荡，阵阵芬芳随着秋日的凉风扑面而来，令人感到心旷神怡。

我来到校园一个比较偏僻的地方，那里也有一棵桂树，那棵桂树并没有因为少人欣赏而放弃了绽放的机会，反而比其他的桂树更加枝繁叶茂，黄色的小花开得密密麻麻。还没走近，浓郁的芬芳扑鼻而来。忽然，我隐约看到那树的背后有人影在晃动。一个念头闪现：是不是有学生在偷折桂花？我沿着墙壁靠近那棵桂树，果然发现有个孩子，是个男孩。那个孩子我好像认识，但一忽儿又想不出我怎么会认识他。孩子的穿着给人有点"旧"的感觉，特别是那件外套，让我想到是不是有人穿过后送给他的。他的脸色也不像一般孩子那样红润，似乎有点营养不良，可是眼睛很有神，也很善良。他正朝着那棵茂盛的桂花树不断打量着，似乎在选择着什么。我忽然想起来了，这孩子是我校一个脑瘫女孩的弟弟。

我校办学第三年秋季开学，一对夫妻抱着一个女孩来到我办公室。他们告诉我，女孩是个脑瘫儿，按理应该去特殊学校上学，但户口不在本地不符合条件，不过他们有本地房产，希望我们学校能够接收这个可怜的孩子。再者，他们特别喜欢我们的校风"阳光、向学"，觉得我们学校的孩子们都特别阳光，他们也想让自己的孩子在这个充满阳光的校园里健康成长。我看着那个女孩，她静静地坐在妈妈身上，正用清纯的眼光看着我，并朝我友好地微笑着。我看看窗外的蓝天，再看看校园里即将开花的桂树，忽然想到了"同在蓝天下"这个温暖的词语。经过校务会讨论并报相关部门备案，我们同意那女孩在我校上学，由妈妈陪读。开学一个多月后，校园里的桂花开了，我经常能够看到那位妈妈午饭以后扶着女儿去桂树前欣赏桂花。亲子共赏桂花的一幕深深地刻在我的心里，妈妈懂得自己孩子的心思，身体的缺陷并不影响孩子对美的追求。陪读的三年里，那位妈妈坚持让孩子做康复训练，并通过助步器帮助孩子练习走路。而就在姐姐上三年级的这一年，女孩的弟弟也来到我们学校上一年级。当女孩弟弟上二年级时，女孩妈妈向学校提出申请：因为家庭生计问题，不再来学校陪读，由弟弟照顾姐姐。因为女孩通过助步器已经能够勉强走路，通过无障碍通道上残疾人专用卫生间已经没有问题，而用餐问题弟弟可以为姐姐解决，因此我们答应了女孩妈妈的申请。从此，我经常看到二年级的弟弟精心照顾姐姐的动人画面。

眼前的男孩，正是那脑瘫女孩的弟弟！我径直来到那个男孩身边："小朋友好！"孩子被我的问候吓了一跳，立刻低下了脑袋。"你想折桂花给你姐姐吧？"我问他。小男孩抬起头朝我望着，眼眶里似乎有了泪花，轻轻地点点头："校长，我错了。"我帮孩子折了一枝桂花开得最美、最密的桂枝："给你姐姐送去吧。"小男孩向我道了谢，匆匆向姐姐的教室跑去。

　　如今，那个脑瘫的女孩已经从我校顺利毕业，记得上学期我们在校门口送毕业生的时候，我看到女孩和她妈妈笑得是那样阳光。仍然在我校读书的弟弟不用再为姐姐折桂枝了，也不用照顾姐姐了。从他们班主任那里了解到，这个男孩最大的特点是乐于助人、爱护公物、阳光向上。这大概也有满校园美丽、馨香的桂花对他的熏陶吧。

在老书记墓前

清明前，去老家墓区扫墓。祖辈的墓在风景秀丽的太湖畔渔洋山西侧，拆迁前我们郁舍村分散在各家自留地上的墓，如今都集中在一个区域。老书记的墓与我家祖墓邻近。祭过祖辈以后，我去老书记墓前默默地站了一会儿。老书记的墓和村上其他人家的祖墓没有什么区别，就像拆迁前他们家的房子和村民们的房子差不多一样，或者说他们家的房子还不如村上一般人家的房子豪华。看着熟悉的老书记的大名，从孩提时代一直到老书记仙逝前的那些镜头清晰地浮现在眼前。

跟着妈妈在田头，一边玩耍一边看妈妈和自己生产队的那些叔叔伯伯阿姨如比赛似的插秧，我总是为妈妈感到自豪，因为妈妈插秧又快又齐，总能把村上的阿姨们甩掉一大段，甚至比那些叔叔伯伯们都快。忽然大家都直起了腰，我转过身一看，原来是生产队队长陪着老书记来看望大家了。只见老书记和队长一样，把裤腿挽得老高，穿了一双很旧的黄色跑鞋，小腿肚子上满是泥浆。"莫非书记也是刚从田里过来，到各个小队看望大家？"我暗自思忖。"大家辛苦了，休息一下喝口水吧。"老书记招呼着大家。大家都笑着向老书记问好。老书记看了一下我妈妈："呦，又是福珍抢在前头。"我听了心里甜滋滋的，见老书记在微笑着望我，就很开心地向他问好："伯伯好！"老书记走过来抚摸了一下我的脑袋："又成了妈妈的跟屁虫啦，快点长大上学，将来用机器种田，比你妈妈还快。"这句话一直刻在我心中，后来读了书才明白，老书记说的"用机器种田"就是农业现代化。一位刚从学校毕业的年轻叔叔大概还不大会插秧，被远远地甩在后面，老书记朝他走去。我看到老书记在和他说着什么，后来，老书记干脆走到田里，给他示范起来……

也不知怎么的，妈妈就成了工人，是塑料车间烘箱工，专门给画好画儿的塑料脸盆、筷笼烘干油漆的。本来在田里干活的很多叔叔阿姨从田里走出来从事这一行业，还有人专门画国画。爸爸在村委会工作，他告诉我，改革开放后，老书记是我们镇第一个搞起村办厂的，我们村的厂子叫"郁舍工艺厂"，刚办了一两年就相当有名了，村上很多人家有钱了，周围的姑娘都想嫁到我们村上。我们郁舍人都为此感到自豪，同时也从心底里敬佩和感谢老书记。那个星期天，我们家正在吃早饭，老书记来找爸爸商量工作。我们见老书记找爸爸谈工作，匆匆吃完粥就想离开。老书记把我叫住了："永忠，陪伯伯坐一会儿嘛，你都读五年级了，也是个小大人了，和你说说话。"在老书记的招呼下，我坐到了他的身边，老书记一点都没有干部的架子，与我平等地对话着。倒是爸爸一直很担心的样子，怕我话多，惹得老书记不高兴。爸爸屡次提醒我不要"嘴老"（小孩子不该与大人说的话），老书记总是对我爸爸说："永忠很有想法啊，让他说。"记得那次老书记主要和我聊了我的学习，因为我们郁舍的学生三年级以后就要去附近比较大的水桥小学读四五年级，老书记一直关心着从郁舍去水桥读书的孩子的成绩。有好几个村的学生都是在水桥小学读完四五年级的，而我的成绩总是在水桥小学名列前茅。我清楚地记得老书记那次对我提出的希望：小学五年级毕业要在水桥小学拿第一。这无疑给了我巨大的学习动力，小学毕业，我不仅在水桥小学拿了第一，在整个胥口乡也是第一。而老书记对我学习的殷殷期望一直激励着我直到我从新苏师范毕业。

　　后来，我成了老师，在镇上教书，也住到了镇上，和老书记见面的机会就不多了，每次见面，他都会询问我工作的情况。在老书记的带领下，我们郁舍的村办企业也越办越好。或许是年轻时就在农业劳动中率先垂范而劳身，或许是改革开放后一直为村办企业的发展而劳神，有次周末回家，爸爸告诉我老书记得了胰腺癌。听到这个消息，我怔了好一会儿。周日，我和妻子一起去看望老书记。老书记见我去了，很努力地从床上坐起。老书记接近退休年龄还未退休，但我看到的他是那样苍老和疲惫。老书记一如既往地朝我微微一笑："永忠，伯伯得的是癌症的王中王。"老书记依然那样幽默，我们感受到了他的坚强。因为老书记的身体状况，我们坐的时间不长。就那么一小会儿工夫，老书记不谈自己，还是关心着我的工作。当时我已经是副校长，老书记鼓励我要像读书时一样，工作也要做得最好。不久，老书记病逝。工作原因，出殡那天我没有去送他，爸爸告诉我，几乎全村的村民都站在路边目送老书记……

　　再次望向老书记的墓地，看到周围的柏树苍翠有力，我仿佛看到了老书记，听到了熟悉的声音：学习要争第一，工作要做得最好……

又到羊汤飘香时

冬季来临，去藏书羊肉店吃羊肉的机会又多了。随着社会的发展，藏书羊肉店的规模越来越大，"全羊宴"已经不再奢侈，平常百姓家想吃了，就去高档的藏书羊肉店"杀杀馋"。但我依然喜欢到只有一个门面的小型甚至微型的羊肉店吃碗羊汤，一则为了热热身子，二则为了那些关于羊肉店的美好记忆。

20世纪80年代初，我到胥口镇上读初中。那时的所谓"镇上"，只是沿着胥江的一条小街，街上开着两三家杂货店、一家五金店、一家剃头店、一家面店，还有镇上仅有的饭店——湖山楼饭店，而那些店都是属于国家的。就在我们读初中的那会儿，晚自习之前去街上遛弯儿，看到紧挨着湖山楼饭店的那家人家在搞装修："矮达门"（大门外面只有大门一半高的小门）拆了，大门换成了新的；灶头搬到了客堂一角，镶子上放了一个露底的大木桶；客堂里错落有致地放了三张八仙桌。装修结束第二天，我们再经过那里，闻到了一阵特别的香味。想起来了，在我很小的时候，爸爸曾经多次带我到生产队队长家里"拼吃羊"。所谓"拼吃羊"，就是生产队里喜欢吃羊的人AA制从某家人家买来一只或两只羊，一般是集中到队长家里煮羊肉，傍晚田里歇工后大家一起去队长家里大吃羊肉。现在闻到的那阵香味，正是儿时跟着爸爸"拼吃羊"时在队长家里闻到的那种诱人的味儿。走近些，那味儿更浓，仿佛口中已经有了羊肉的鲜味。刷得雪白的墙上多了一行字：藏书羊肉店。那时虽然已经住校读初中了，但我们几乎没有零钱，爸妈给的钱，每天学校食堂买菜也只能省着点用：今天花过一毛钱买了荤菜，明天就只能用几分钱买个绿豆芽或者咸菜毛豆子之类的了。但那家新开的藏书羊肉店飘出的香味怎么也挥不去了。我们绞尽脑汁，最终也只有那个办法：平时只吃白饭，省下钱来吃羊汤。和我一样馋羊肉的还有一位个子比我高出一头的铁哥们，躲着同学和老师吃白饭省钱是我们共同思考出的结果。在每人攒出了一毛五分钱以后，那天我们在晚自习的第二节课，成功躲过了看门老人，几乎有点激动地来到了那家羊肉店。我们的出现使羊肉店老板有点吃惊："两个小赤佬，现在来羊肉店做啥事体？"我们异口同声地回答："当然吃羊肉喽。""灶头已经熄火了，羊汤已经不热了哇。""没事的！"在我们的坚持下，羊肉店老板来到了切羊肉的一小间隔屋里。老板对我们说道："干腿二毛钱一碗，羊杂烩一毛二一碗，你们吃什么？"我们多么希望吃干腿啊！但我们每人只有一毛五。经过商量，就吃羊杂烩，而且一毛五全部用光，叫老板多称点。称好的羊杂烩被分装在两个碗里，我们一看，几乎有半碗了，都很满足。老板端着碗来到那个木桶前，打了汤帮我们反复过了几次，老板跟我们说："尽量让你们喝得热点。"估计灶头熄火已经有一段时间了，天气又冷，端上的羊汤只是象征性地冒出一点热气，漂在上面的羊油已经结拢泛白了。但那羊汤的香味依然使我们垂涎欲滴，我们俩都很珍爱地小口喝着羊汤，难得夹上一两块羊肺或者羊肠，因为我们还要加汤——加汤是免费的。

　　每到冬季，去镇上的小羊肉店喝羊汤，使我们俩几乎初中三年欲罢不能。而那一次，我们不仅品尝到了胥口镇上第一家羊肉店的美味，这段记忆更是成了我们近四十年来百谈不厌的话题。冬天去小羊肉店喝一碗羊汤也成了我的一大嗜好。

1986年师范毕业，我被分配在胥口镇上教书。我小学时的数学老师徐老师是学校的教导主任。徐老师从小喜欢我，成了同事以后，我俩成了亦师亦友的忘年交。徐老师的业余爱好很多，有很多项我们是一样的，其中有一项就是到小门面的羊肉店喝羊汤。因为我们都住在今天的度假区香山，所以，骑车下班我们能够一直同行。有一天我们发现，在出胥口镇的转弯处开了一家羊肉店，一个小门面而已。那天冷空气正赶到，呼呼的西北风吹得我们师徒俩瑟瑟发抖。"永忠，那里开了一爿羊肉店，我们去喝碗羊汤吧。"徐老师建议。"好啊！"我附和着。于是，我们来到小屋，一下子就暖和了，不仅是因为吹不到寒风了，更因为满屋子都弥漫着煮羊肉的蒸汽。开羊肉店的是一个年过六旬的老人，一个红灯牌收音机放在桌上，正播放着苏州评弹。我和徐老师边吃羊肉，边闲聊着。"永忠，你阿听得出收音机里播放的评弹唱腔是蒋调还是徐调？"我对评弹一窍不通。那个开羊肉店的老者接过了话茬："这个是蒋调哇……"然后他滔滔不绝说了一通。徐老师不时插话，两人聊得甚是投机。走出羊肉店，我分明看到了徐老师心满意足的样子。

　　我和徐老师同事十多年，几乎吃遍了胥口镇上陆续开出的羊肉小店。一起喝羊汤的过程中，徐老师跟我聊养猪、聊种菜、聊村上的老人……现在想来，都是工作之余的人间烟火味儿。

一箭河随想

　　春风春阳中徒步，感受一下已经有了轨交站的孙武路。古老的名字"孙武"竟然和最具城市和现代意义的轨交联系在一起，给人穿越的神奇和美感。在胥口镇东欣村的上七图桥那里转弯，朝西面走约莫一公里上一座桥。这路过的一公里路，北面是胥口镇比较有名的规上日资企业——松下新能源（苏州）有限公司林立的厂房，南面是轨交5号线机车保养公司绵延的修理车间。桥下就是流淌了两千五百多年的一箭河。

　　估计绝大部分的苏州人都知道一箭河，因为这条河与苏州著名景区、佛教圣地灵岩山有关。可以毫不夸张地说，大部分苏州人都爬过灵岩山。过西施洞（也叫观音洞）继续往上，会经过一个很有名的景点望佛来（也称乌龟望太湖）。那是一只很大的石龟，顺着石龟的眼神往前看，是一条笔直的闪着光的河道，就如一柄利剑直指茫茫的太湖。这条如利剑一样的河道就是一箭河，也叫箭泾河或者采香泾。不管叫什么，出处都一样。两千五百多年前，越王勾践派出女卧底、中国四大美女之一的西施到吴国来，目的就是分散吴王夫差对越王的注意力，消磨夫差的意志。夫差果然上当，不听伍子胥劝告，成天和西施厮混在一起，对西施百依百顺。这条一箭河就是西施向吴王提出要求才人工开凿的。为何叫一箭河或者箭泾河？传说是吴王拉弓射箭，让手下按着飞箭的轨迹开凿的河流。又为何叫采香泾？是因为西施提出去香山花墩采花，西施乘坐的船只经过，满河飘香。

胥口的百姓是珍惜这条历史悠久的河道的，光从胥口镇历来的村名就可以看出一二。在行政村合并之前，有一个村叫香泾村。行政区划调整，藏书部分并入胥口以后，两个村的村名与这条河道有关，分别是采香泾村和箭泾村。随着胥口镇的发展，胥口外来务工人员数量剧增，政府又分别新建了幼儿园、小学和初中，统一以"一箭河"命名。

站在一箭河上的那座桥上，向西北望去，有一个文创园，我分明看到了几个大字"一箭河文创园"。再看向东北，是偌大的松下新能源公司，企业尽力做到对周边的环境"零影响"。我是胥口镇第十八届人大代表，跟着相关部门专门对该公司进行执法调研，调研的结果是令人满意的。南面的轨交5号线机车修理车间，因为机车比较长，修理车间覆盖在一箭河的上方。我们学校就在修理车间的南面。当初那个浩大的工程，我们几乎是看着它诞生的。为了保护一箭河，工程是相当合理和规范的。我甚至有这样美好的想象：从灵岩山脚乘着与当年西施乘坐的一样的采香船，经过机车修理公司的时候，行驶在下面能看到一个"别有洞天"。

胥口镇"两河一路"工程已经有五任党委书记持续在做好做靓。今天，如果您来到我们胥口，走在一箭河边，除了健身步道，还能看到很多景观正在抓紧建设中。不远的将来，您来到胥口，很可能会遇到与西施一样美丽的姑娘，邀请您同船去香山花墩采香。

新教育缘

苏州市要举行新教育实验苏州教育高质量发展五年行动计划启动仪式。看到"新教育实验"这几个字，我一下就兴奋起来，与新教育实验结缘的一个个镜头似乎就在眼前。

2003年暑假的一天，我在学校门卫室值班，随手翻起了当天的《中国教育报》，上面用了一个整版介绍一项实验——新教育实验。直到今天，我依然记得新教育实验的发起人，是时任苏州市副市长（分管教育）的朱永新；记得新教育实验是与网络挂起钩来的，尽管那个年代还是一个"谈网色变"的年代；记得网址：http://www.eduol.cn。接下来的日子，我开始"触电"新教育网站——教育在线。当时比较活跃的是新教育实验论坛，各路大咖都经常在网上：朱永新、李镇西、陶新华、陈国安、窦桂梅、管建刚……我们在网上平等地交流着。当时，只知道朱永新老师是副市长，因此，对于他在我的专帖"尝试集"中的评论感到格外珍贵。当时上网用的是电话线，拨号上网，有时还会掉线。而我一旦走进教育在线论坛，就像今天很多迷恋刷短视频的成人一样，难以从中走出来。当时，电话线上网费用很高，每月妻子交完电话费，都会数落我一番，并且发出警告：不许上网！除非网费自己赚出来。

就在那个时候，朱永新老师的"成功保险公司"在教育在线论坛开张。朱老师在成功保险启示中承诺，如果老师们坚持十年的教育反思写作，还不能成为一个成功者，他愿意以一赔百。于是，我由纯粹地上网读各类优秀的帖子，变成了必须每天完成一篇千字教育随笔之后再浏览新教育实验的网站。教育写作，或者是文学写作，真是一样神奇的东西。每天写教育随笔之后，我对教育工作、对学生，有了一种全新的感受，真正发自内心地感觉到每天都是新的，对每天的工作都充满了期待，对每个学生、每堂课都充满了新鲜感。渐渐地，我感到每天所写的文字有了一定的力量，于是，开始尝试投稿。因为每天都写，我几乎可以每天向报刊投稿。终于，有几家报刊开始采用我的稿子。而且，如《苏州日报·教育周刊》几乎每投必中，后来周刊编辑外出做讲座的时候，总是以我为例了，我似乎也有了一点小小的名声。更重要的是，我能通过教育随笔赚取稿费了，上网费的问题也解决了。

应该是2004年的暑假吧，我在教育在线网站接到了新教育实验网友苏州见面会的通知，而这次见面会的组织者竟然就是朱永新老师本人。我真的是感到非常兴奋。我带着尚在读小学的儿子一起前往苏州三元宾馆参会，来到宾馆门口，就遇到了正在热情迎接客人的朱永新老师。和朱永新老师握手并且自我介绍以后，他笑呵呵地说道："你就是'尝试集'的主人柳永忠啊，欢迎你的到来，请往里走，和网友们先聊起来吧。"说罢，他还亲热地抚摸了一下我儿子的小脑袋。我儿子倒不见生，大方地和朱老师打招呼："老伯伯好！"朱永新老师后来在给我的教育随笔专集写序的时候，还不忘提了一下我的儿子。因为，在新教育实验中，有一个重要项目就是"新教育家庭教育"。和朱永新老师第一次见面，我感到他一点都没有政府领导的架子，而是像一位邻家大哥。

2012年秋季，组织上让我去负责一所全新的学校，我和我的伙伴们结合本镇实际，把新教育实验的思想作为这所学校办学思想的根基，把新教育倡导的"过一种幸福完整的教育生活"作为办学追求。因此，我们的校风就确定为"阳光向学"，让学校的每个人都成为"幸福完整的阳光人"。我们向新教育研究院递交了加入新教育实验学校的申请，很快得到了同意的批复。2013年，一年一度的新教育实验年会在浙江萧山举行，我接到了大会的通知，要前往年会现场领取新教育实验学校的铜牌。开幕式那天，我早早来到了会场。因为朱永新老师后来去北京工作，我已经有近十年没有见到他了，他或许已经不认识我这个新教育人了。但我还是来到朱永新老师身边，和他打了个招呼。他应声朝我看了一下，没做任何思考："永忠，你来啦！"俨然一副我们昨天还见过的样子。他能够迅速、亲切地这样回应我，我不得不佩服。

与新教育实验结缘的故事还有很多很多。都说，教育是爱的事业，新教育实验追求"过一种幸福完整的教育生活"，那是不是一种"大爱"呢？是不是与陶行知先生所讲的"爱满天下"异曲同工呢？难怪，全国所有的省、自治区、直辖市都有新教育实验的铜牌在闪光。

我的儿童文学缘

那天早上，我像往常一样看了一下手机，看到一条短信上有一个我熟悉的名字：王一梅。短信的内容是：我是苏州作家协会王一梅，关于儿童文学会议一事要联系你，请加我微信⋯⋯。短信内容告诉我，短信的主人就是我熟悉的苏州著名儿童文学作家。数年前，我们镇一次重大的阅读节活动安排在我校，镇党委宣传委员兴高采烈地告诉我，将邀请作家王一梅老师前来分享阅读与创作的经验。虽然未曾与王老师谋面，但她的大名如雷贯耳，尤其是在儿童文学创作方面。遗憾的是，活动前一天，宣传委员跟我们说，王老师有重要活动参加，请来了另一位儿童文学作家。本来，我幸福地憧憬着：活动安排在我们学校，我们可以近水楼台先得月，与明星作家合个影，请明星作家签个名，甚至还可以"你扫我还是我扫你"加个微信，结果一切都成了泡影。想不到几年过后，王一梅老师竟然主动发短信联系我，让我加她微信与她交流。那天早晨，尽管时间还不到六点，我还是马上给王老师发去了微信好友通过请求。意想不到的是，她似乎知道我会在这个时间联系她，马上就通过了。我们聊了好一会儿，我才知道王老师最早是在苏州幼师毕业的，如果就读新苏师范幼师的话，小我两届，就是校友了。于是，我们的交流更加顺畅，就像早已熟悉的朋友一般。那次参加的是苏州文学史上首次举办的儿童文学论坛，当时健在的中国儿童文学界的作家、评论家及编辑几乎都被邀请参加了，我在线上享受了关于儿童文学创作的一顿营养大餐。当时就十分冲动，想重拾儿童文学，为孩子们写点东西。

当整整一天的儿童文学论坛结束，再次想对王一梅老师给我这个机会深表感恩的时候，我不禁想到，怎么我与儿童文学、与儿童文学作家、与王老师会有如此缘分？

20世纪80年代初就读中师，从最初的功利层面看就是为了"书包翻身"跳出农门，不再成为面朝黄土背朝天的农民，而跻身于居民行列。但是，在进入师范接受"专业思想巩固教育"以后，我们这批中师生还是非常热爱教育事业的，因为我们这批60年代末出生的孩子思想还是相当纯洁的。在我们踏上教育工作岗位以后，很多中师生很快就成了学校骨干。他们不仅在教学能力和水平方面突飞猛进，而且大都有一技之长，比如艺体方面，再比如文学创作，尤其是儿童文学创作，因为我们的工作服务对象就是我们的读者。

印象之中，我还在师范就读的时候，暑假里，我们村上人都习惯于坐在门前乘风凉。20世纪80年代初，村上大部分人家都是平房，当然也没有高高的围墙。整个一排十多户人家就是"分类集体乘凉"——年纪相仿的坐在一起侃大山。现在想来，我则有些不同，总有六七个小孩，有读小学的，有读幼儿园的，围着我问我是否会做他们的老师，还缠着我给他们讲故事。于是，小时候就阅读的安徒生童话、伊索寓言，在师范去阅览室喜欢阅读的《少年文艺》《儿童文学》等杂志上的很多故事，都成了我和那帮孩子共同的心灵密码。

刚踏上讲台，我的一位师兄向我介绍了一本河南的儿童文学杂志《花果山》。看到师兄一直在杂志上发表儿童文学作品，我相当羡慕，于是，回忆起了给村上孩子讲故事的情景，开始用文字讲述自己创编的儿童故事。当我把我创编的故事念给我的学生们听时，我看到了他们亮亮的眸子里有着浓厚的兴趣,而这,正成了我创作的无穷动力。

我这人很相信缘分,相信有缘人的"吸引力"法则。在某一个夏天,我们的校长通过学校的《儿童时代》小记者站,请来了华东地区几乎所有儿童文学大咖。当时还是年轻教师的我,不知道哪里来的勇气,竟然未经校长或者其他领导同意,趁着作家们休息的间隙,拿着有我作品的《花果山》杂志请那些作家签名,于是那本杂志上就留下了洪汛涛、任溶溶等儿童文学老前辈的大名。更重要的是,在后来的通信联系中,有幸得到了他们的指导和教诲,我也发表了好多儿童文学作品。

都说:坚持做一件事,才有可能把那件事做到极致。王一梅老师就是我学习的榜样。令我感到羞愧的是,我没有把儿童文学创作这件事坚持下去。三十多年的教育生涯中,我彷徨过、懈怠过。白驹过隙,如今我已年过50,孙女也已经到了当时我们村上那些听我讲故事的孩子的年龄。都说:缘聚缘散缘如水,花开花落花如梦。如今,我的儿童文学缘又找我来了,我将继续给我的孙女、给我们学校的孩子们讲他们爱听的儿童故事。

为干妈孙子证婚

干妹子上门请我们喝她儿子的喜酒，干妹子的儿子，当然就是我干妈的孙子。干妹子特别强调，干妈关照的，一定要请我证婚。我之所以这么强调干妈，是因为其中有着那个年代的故事，而且这故事一直延续到今天。

在干妈当新娘那天，她拉着我的小手，第一次从干妈娘家走到藏书的干爹家，我那时的年龄是五六岁，已经有些记忆，但有些事情又有些模糊。不过，认干妈的情景却历历在目。

应该是1975年的冬天吧，就在我家南面三五百米的地方，要挖掘一条东西走向的人工河，名字叫"香山运河"。从苏州城往西过灵岩山经胥口镇的一个山嘴叫"香山嘴"，再往西的区域就统称为"香山"，也就是今天度假区香山街道区域。准备挖掘的那条河就在香山区域，所以才有了这名称。20世纪70年代中期，科技还没有那么发达，开挖河流这种活儿全部靠人工。在平地上开挖一条河流，单从土方来讲，就是一个巨大的数字。而这些土方全部要靠铁搭、铁锹铲松、铲起，放进筐子里挑到或者扛到岸上。因此，三四公里的香山运河的挖掘，要分配到当时全公社的各个大队。当时没有交通工具，连自行车都很少见，胥口公社外片的几个大队分配在香山哪个大队的区域，开河人就住在那个区域村里的人家。我们郁舍大队区域有当时的香泾大队（今天的胥口镇箭泾村）一起来挖掘，那些开河的农民就住在我们村的部分人家。大概是因为我爸爸当时在大队里当副职干部，所以我们家住了二十来个香泾大队的开河人。当时我们家有一个两间的小阁楼，楼下住男的，楼上一间是我和我姐与父母同住的房间，另一间就给那些开河的妇女住。

一天晚上，已经到了睡觉时间，我爸大队里有事还没有回来，我妈当时在村办厂上夜班不回来，于是，只有我和我姐，以及那些开河人在一起。有他们在，我们不但不害怕，而且因为爸爸妈妈不在家，我们与他们交流也不那么拘束了，特别是和隔壁房间的那些阿姨们，到很晚了，我们还热闹地聊着。不知道谁提出一个建议，问我们姐弟俩要不要认干妈。我姐比我大两岁，但因为是女孩子，有些害羞。估计我当时还不太懂事，一个劲地说"一定要认个干妈"。隔壁的阿姨们问我想认谁，我就说想认那个头上包着头巾、剪着短发的阿姨。第二天早上，在爸妈同意的基础上，我指出前一天晚上说要认干妈的那位阿姨，其他阿姨直夸我有眼光，因为那位阿姨是大队里的妇女主任。不过，那位阿姨反复推辞，她脸红地告诉我们，她还没有结婚，不好意思认干儿子的。但是，当我爸妈知道那位阿姨当年就要结婚，我又那么执着地想认那位阿姨做干妈时，他们也很真诚地帮着我一起做那位阿姨的思想工作，最终，那位阿姨就成了我的干妈。

那件事到今天已经差不多过去五十年了，香山运河依然在流淌，不过，已经很少有人知道河的名字了。本来河南面有条香山路，现在河北面也修筑了一条宽敞的道路，南北两条路被统一命名为"蒯祥路"。河两边的行政村已经整体搬迁，现在都是林立的高楼，有星级酒店、高档公寓等。时代在进步，人们的生活水平也在飞速提高，故事也随着时代的变化在发展。

跟着新娘干妈到干爹家，我当然也同时"嫁"了过去。干妈是大队妇女主任，干爹自然也不落后。印象很深的是婚礼当天晚上主持婚礼的那位爷爷说的一句话：当年小队里我干爹的工分（当时劳动量和工资以工分计发）是最高的，干爹干妈都是勤劳的。再去干妈家，他们已经有了孩子，也就是这次来请我喝喜酒的干妹子。记得那次去干妈家，干妹子还小，只能待在坐车（小孩子可以坐着或者站着的木制婴儿车）里，我大概也只是个中低年级的小学生。干妈很信任我，那时藏书已经有了石材加工厂，为了多赚些钱，干爹干妈他们去开早工了，竟然把看干妹子的任务交给了我。当干妹子在坐车里又哭又闹的时候，我吓得差点逃回十多公里之外的香山家里去。后来，干爹干妈共同创业，拥有了自己的石材厂和织造厂，在藏书一带成了小有名气的企业家。如今，守业的担子已经落到了干妹子一代的肩上。而我，虽然只是个小学老师，因为从小读书还算用功，在干妈眼里一直是个好孩子，如今又负责管理一所学校，干妈干爹更为我高兴，他们始终觉得我是个知识分子。所以，当他们的孙子结婚时，他们很干脆地把证婚的任务交给了我。能接到这样的任务，我很自豪。我在证婚词中这样写道："两位新人要有理想追求，新郎的爷爷奶奶是我的干爹干妈，他们艰苦创业的情景我从小就看在眼中，记在心里；新郎的爸爸妈妈已经从父辈手中接过了守业的接力棒。希望两位新人把艰苦创业的家风传承下去，使这个大家庭更加红火、幸福、美满。"

跳农门

四月底的气温还不高。那是一个阴沉沉的星期天，我跟在父亲身后，他的肩上是一块一米多长、三十多厘米宽的木板。我们都一声不吭，因为父亲叫我去帮他做秧田、推秧板。难得一个星期天，而且我还是个初中生，不仅不能睡个懒觉，还硬生生被拖去干农活，我自然不开心，嘀咕了几句，被父亲劈头盖脸一顿批评：家里五亩多田，你不学会干活，以后我老了谁来种？到我们家田边，我脱了鞋跟着父亲走到田里，冰凉冰凉的水几乎刺骨，淤泥里还有留下的麦秆，不小心踩到，针刺一般。但我不敢再跟父亲啰唆什么了，因为不仅没用，还会遭到父亲疾风骤雨般的责骂。干了半天活儿，身子倒热乎了，但腰酸背痛，全身泥浆，狼狈不堪。看着推得光滑的一条条秧板，父亲的脸上露出一点笑意，我自然也生出一种满足感。父亲看着我说："怕种田吗？那就认真读书，'书包翻身'，把户口读出去。"我默不作声，"书包翻身"一如鲤鱼跳龙门啊！

真正的农忙到了，我就读的胥口中学是一所农村中学，很多老师都是民办教师，有半个星期的农忙假。父亲直接把我当成了一个劳力，天天赶我下田。干得筋疲力尽也就认了，关键还要受父亲的数落。开始插秧了，弯着腰在两根秧绳中间，父亲为我起了个头，关照我"不会插秧看上行"，一横排六棵，往下每横排六棵一定要与前面一横排对齐。我很努力地按着父亲教的方法做，但是，不是插下去的秧苗浮起来了，就是横排变成了S形。更令人难堪的是，父亲、母亲、姐姐每人一道，我很快就被他们超过了。父亲时不时走到我那道看看，毫不留情地大声指责着我。相邻田里干活的都是村上的叔叔阿姨、哥哥姐姐们，他们跟着父亲的指责起哄："'眼镜先生'，看来你不是做农活的料，快点想办法'书包翻身'吧。"

夕阳西下，双腿似乎已经不是自己的，眼镜片上溅满了泥水也顾不上擦去，一起收工的村上人又一次把我作为笑料谈论着，我简直无地自容。

忙完农活回到学校，感到坐在教室里读书真的是一种享受。"书包翻身""书包翻身"……我一遍又一遍地默诵着，学习的劲头更足了。一转眼就到了中考，填写志愿的时候，学习成绩上游的同学几乎都填报了中专和中师，填中师的更多，因为读中师三年全免费。中考揭榜那天，我的成绩远远超过了我所填报的新苏师范学校。班主任找到了我，校长找到了我，都劝我不要读师范，一定要读普高，将来能考上大学，更有作为。班主任和校长甚至找到了我的父亲，劝父亲让我读高中。父亲让我自己选择，想到了在农田里的狼狈，我毅然选择了新苏师范。顺利地通过了体检和面试，拿到录取通知书的那天，我恍如一条金色的鲤鱼，高高地跳过了龙门。村上的人们也连连向我们家祝贺，说村上出了一个高才生。当时的得意劲简直难以形容。

三年师范生活是美好的，对于小学教师这份职业的憧憬也充满了诗情画意。但师范毕业后的现实却使我感到有点失望。20世纪80年代中期，正是乡镇企业崛起的时候，我们镇上一个丝织厂职工的收入就比我们小学教师高出两三倍。其他事业单位，如供销社、卫生院、电力站、银行等，收入也远远高于小学教师。于是，小学男教师找对象成了大难题。而且，妈妈一直告诫我：好不容易户口出去了，找对象一定要找一个居民。甚至扬言，其他都可以不看，只要是居民，是个姑娘，那就行！三年前那条高高跳过龙门的鲤鱼重重地摔到了地面上。更令我们这批所谓"书包翻身"的居民感到好笑的是，过了几年，居民户口居然可以数千块买一个了。

我的老家在太湖国家旅游度假区，生于斯长于斯的老房子已经拆迁，我们搬进了现代化的安置小区。而在我们村庄那个地方，竖起一幢又一幢漂亮的高楼，有的是高档小区，有的是星级酒店。到老家走走，已经找不到自家的方位了。改革开放后，家乡发生了翻天覆地的变化。城市化进程的加快，使家乡所有的农民都跳出了农门。人民安居乐业，过上了城市生活。

国家政策的改变，使我们这些当初跳出农门的人不再感到优越。但是，不管政策怎样改变，一分耕耘一分收获的真理是不会变的，祖国发展的车轮滚滚向前，谁也阻挡不了。因此，我不仅很快从跳农门的失落中走出来，而且三十多年来始终没有忘记过奋斗。当一届又一届的学生从我手里毕业，当这些学生走进理想的大学、成为国家的栋梁，我感到当初跳农门并没有遗憾。

老家所有男女老少都和我一样跳出农门，成了居民，国家的发展使老家所有的百姓都成了与"书包翻身"的我一样的幸福人。我憧憬着，在这个追梦的新时代，老家百姓一定会过上更加美好的生活。

“苏州闲话”断想

　　如果您是苏州人，那么默认的“苏州闲话”一般是今天姑苏区人说的方言。当然，如果您是新苏州人，那么姑苏区、高新区、园区、吴中区和相城区等苏州大市范围内的本地人说的话都是“苏州闲话”。

　　我第一次因为方言而感到尴尬，不是在姑苏区，而是在我们都称之为“山北”的苏州市郊的一个小山村。在区域大规划、乡村大拆迁之前，我们家在苏州香山，也就是今天绕城高速西山出口香山嘴往西的区域。在我的童年记忆中，打开我家小木楼的北窗，看到的是连绵的穹窿山以及连接在一起的香山。香山跟穹窿山的接口处，是两千五百多年前西施从采香泾划着小船去采摘鲜花的花墩，现在那个自然村就称为花墩村。花墩村背靠着的香山和穹窿山的交接处，由于两座山的山脚交叉，远看就像汉服的圆领。就是那个“圆领”，成了香山和“山北”百姓往来的捷径。因为往来两处只要翻过很矮小的两座山的接壤处，所以那里又被称为“小圆领”。我们所说的“山北”就是香山、穹窿山以北的区域，那里就是以开羊肉店出名的藏书南部，对着“小圆领”的那个村就是著名的捞桥村，村的名字与历史名人朱买臣关系密切。可小时候对于捞桥村的记忆不是名人朱买臣，而是我说的“香山闲话”遭到那里的小朋友笑话的情景。当时，跟着外婆走亲戚，那是我第一次翻过“小圆领”来到捞桥村。到了亲戚家，外婆和大人们讲他们的事情，我羞怯地坐在外婆身边很是无聊。亲戚家有好几个小孩，他们很是热情，主动邀请我到屋外玩耍。我们渐渐熟识了，语言交流就多了。但当我开口说话的时候，有个小伙伴忍不住扑哧笑了，我很纳闷，也很羞涩。后来，只要我开口说上几句话，他们就会笑起来，甚至哈哈大笑。我害羞得不敢吱声了，一个年纪比我们稍大的小姐姐终于告诉了我其中的缘由："好弟（藏书称"弟弟"的方言），你说话的时候，怎么'九''有''牛'那些字说得都和我们不一样呢？"我终于明白了他们笑的原因，但我只是告诉小姐姐和伙伴们，我打小就是这样说的，我们那里的人都这样说的。后来长大了，才知道苏州各个地方的"苏州闲话"都有着或大或小的区别，因为香山人的"iou"音和其他地方发音不同，有调皮的人专门为香山人编了一些小童谣，比如："打点油，拷点酒，手一抖，扑翻特油和酒，打得屁股扭了扭。"

初中毕业后我考取了新苏师范，我们那一届招收的师范生来自苏州市区、郊区、吴县、吴江县、昆山县（今天的姑苏区、高新区、园区、吴中区、相城区、吴江区、昆山市）。十六七岁的我们，青春懵懂，好交朋友。记得和其他同学一样，父亲为我收拾完宿舍后，我就让他放心回家，告诉他我会照顾好自己的。送我们上学的父母都回家去了，同宿舍的9个伙伴很快成了好朋友。那个年代，因为交通不便，外出不多，同学们来自上述几个县市区，我们就有了一种"来自五湖四海"的感觉，而这种感觉还因为大家虽然同是苏州大市人，从广义上说都说的是"苏州闲话"，但区别却非常大。就算同是吴县的也不一样，准备去吃饭的时候，通安的一个同学说："阿要去吃点心来？"我想：已近黄昏，怎么还吃点心呢？后来搞清楚了，原来通安人所谓的"吃点心"就是"吃饭"的意思。吃过晚饭，我邀请吴江的一个同学一起去浴室"溻浴"，他怎么也听不懂，当我用普通话进行了翻译，他才恍然大悟："原来是去汰浴啊……"

虽然，就读师范的三年，学校一直强调，作为未来的人民教师，一定要能够说一口标准的普通话，学校里有专门的校级和班级的推普委员监督着大家，不管在哪里都必须用普通话交流。但是，我们从小说惯了方言，只要没有老师在，我们就说自己家乡的方言——风味各异的"苏州闲话"。随着时间的推移，我们发现，有几个不是市区的同学竟然说起了市区的"苏州闲话"，而这种学说的"市区苏州闲话"，有些发音比正宗市区同学说出来的还要"糯"和"嗲"。我和几个非市区的同学听了以后，都有一种相同的感受：鸡皮疙瘩都起来了。为了学不学"市区苏州闲话"这件事，我们班级有一对在初中就同班，颇有点青梅竹马意思的男女同学，就此断了关系，这成为我们日后同学聚会的笑谈。

今天，不管是市区的还是其他区（市）的，各具特色的"苏州闲话"，孩子们似乎不大会说了。苏州市语言学会因此从早些年就开展了一个很好的活动——"三话"比赛，即一个节目需要有普通话、英语，还必须有"苏州闲话"。孩子们往往能够把普通话和英语说得很溜，就是家乡的"苏州闲话"说不好。"苏州闲话"，就如苏州的小桥流水人家，就如拙政园、狮子林等苏州园林……是我们苏州人民的宝贵财富，我们要说好普通话和外语，更要自豪地说好自己家乡的方言——"苏州闲话"。

桑叶茶

　　初秋的一个上午，一位好久未曾谋面的发小兴冲冲地来到我家，手里拎了一个小巧的环保纸质拎袋。来不及坐下，就兴奋地告诉我："给你带来一样好东西！""什么好东西呀，这么激动？"朋友将拎袋朝我眼前一晃："是桑叶茶，你妈妈最喜欢的，我专门从一个朋友的桑叶茶厂搞来的。"我这才想起，我们老家度假区香山还没有拆迁的时候，我妈妈不知道怎么了解到桑叶晒干泡茶有很多功效，但那时乡下已经很难找到桑叶。我这发小神通广大，下水徒手抓得住鱼虾，上树双手摘得到野果；他知道哪里的河道能用鱼叉扎到黑鱼，哪里的野地找得到稀奇古怪的树木。听我妈妈说要用桑叶晒干泡茶，但是苦于找不到桑树。第二天一早，他就不知从哪儿搞来了满满一筐翠绿的桑叶。如今老家拆迁，所有的地块不是盖起了林立的高楼，就是被围墙挡着准备开发，要不然就是被"大铁手"挏平，全部种上了碧绿的草坪。桑叶真的难觅踪迹了，喝桑叶茶成了妈妈的奢望。妈妈已经好多年没喝桑叶茶了，我也基本把这件事给忘却了，估计妈妈对桑叶茶也不那么渴求了吧，但我的发小却没有忘记这件事。发小把给我们寻觅桑叶茶作为一件乐事，那是有原因的。

　　拆迁之前，我们家和发小家是邻居，据我爷爷说，我们两家已经是好几代的邻居了。发小的父亲在很远的地方工作，他妈妈是我们幼儿园时的代课老师。至今我还清楚地记得，发小妈妈教我们唱评弹："我失骄杨君失柳，杨柳轻飏直上重霄九……"当时根本不知道是什么意思，后来才明白那是毛泽东主席的《蝶恋花·答李淑一》。我们也渐渐清楚了，发小的妈妈原来是在宣传队工作的，后来幼儿园需要才成了我们的"孩子王"。我们都很喜欢发小的妈妈，因为她好像是我们所有孩子的妈妈，非常和善，从不发火。但是，因为当时医疗水平落后，约莫是教了我们半年吧，发小的妈妈就因病去世了。祸不单行，发小的爸爸也在一次意外中去世了。发小和他妹妹虽然有奶奶照顾，但他们那样的年纪正是需要父母呵护的时候。于是，我们家就渐渐成了发小和他妹妹的心灵港湾。

关于桑树的记忆从此开始。在我们和发小家的对面，是一片茂密的桑树地，而在靠近我们家路边的地里，有一棵桑树长得特别高大，而且枝干遒劲，爷爷将这棵桑树称为"虎桑"。至今我也不知道是否有"虎桑"一说，但儿时爷爷给我和发小讲的关于"虎桑"的故事我俩牢牢地记在心底，而且我们相信那真是一棵"虎桑"。估计爷爷是看了《西游记》或者《封神榜》之类的小说或者听过评书的，在讲这棵桑树来历的时候，爷爷就用了神话的方法，说天上某个仙人，在一个月朗星稀的晚上，搭乘一朵祥云把这棵桑树栽种在我们家门前桑树地。孩提时代的我们，当然十分相信。因为那棵"虎桑"上结的桑梅子特别饱满也特别甜；那棵桑树上的桑叶喂养的蚕宝宝特别会长个，结的茧子也特别大。在整个孩提时代，我和发小对那棵桑树简直奉若神明。后来因为村里统一规划搞建设，那棵桑树被挖掉了，我和发小伤心了好多天。

在我们的印象里，儿时爸爸妈妈一般都在生产队的田间劳动，披星戴月，白天几乎没有时间管我们。当爸爸妈妈歇工，虽然已经是精疲力竭，但他们总是会到发小家里走走，有什么好吃的总会送一点过去。在养蚕的忙碌日子里，发小家只有年纪已经很大的奶奶,发小和他妹妹年纪又小,帮不上忙。每当蚕事繁忙的时候,爸爸妈妈就会去帮助他们,等蚕宝宝"上山",大家一起享受收获的乐趣。

金乡邻银亲戚,这句话真是对于我们和发小家最好的诠释。我和发小渐渐长大,都有了工作,发小逢年过节总不忘买点东西给我爸妈送来表达感恩之情。后来老家拆迁,我们搬到了木渎居住,发小留在香山的安置房。自此,地理上的乡邻关系已经不复存在,但是,心理上的乡邻却是永远不会变!这不,发小把妈妈常念叨的桑叶茶送来了。当我把桑叶茶送到妈妈手中,她满心欢喜。我知道,妈妈一定不是只为能够饮茶而开心,更是为发小的那份邻里真情而感到幸福。

品　夏

　　看到画家墨春兄的一个短视频：先是出现一把蒲扇，蒲扇上多了一个莲蓬。莲蓬剥开，几颗嫩绿的莲子落在蒲扇上，有一颗落在了蒲扇外。一会儿，蒲扇上又多了一个莲蓬……这俨然是一幅画、一首诗。我故意问墨春兄："阿哥在做啥？""品夏。"墨春兄的回答很简单。"品夏"加上那个视频，不由人不展开联想……

　　孩提时代是在外婆家长大的，那时外婆60多岁，要同时照看我和姐姐及舅舅家的两个男孩。夏天到，舅舅为我们四个孩子分别买了把蒲扇。我们四个年龄相差一两岁的孩子，除了我姐稍微文静一些，三个男孩都很顽劣，一直做些打仗拼刺刀的游戏，舅舅为我们买的蒲扇正好派用场。结果店家卖的蒲扇边沿比较毛糙，我们三人都不同程度地受了伤，有的脸上被刮了几条血痕，有的手臂上开了花。尽管外婆一直责骂我们，有时还用洗衣的棒槌打我们——但外婆将棒槌举起来的时候是高的，落下的时候是用心收着的，打到屁股上一点也不疼。因此，我们的战斗游戏一直持续着。那是一个炎热的午后，我们姐弟四个按惯例睡午觉。两个表弟兄大概是上午蒲扇战斗太激烈了——表弟眼角处被表哥划出了一条血痕，表哥因此被外婆结结实实打了一顿，躺下不久，我就听到了他们俩轻轻的鼾声，继而看到姐姐也睡着了。我不知道什么原因，迟迟没有进入梦乡。外婆用她那把蒲扇轻轻给我们四个孩子扇着，我看到了外婆慈爱的神情。忽然发现外婆手中的蒲扇似乎与我们的不一样，原来外婆的蒲扇边沿被一圈好看的白布围着。大概外婆觉得我们四人都已经入睡，她停止了摇动蒲扇，拿来了她一直要用到的放了针线的小竹匾。她拿起我们的一把小蒲扇，再捏了一根白布条，沿着蒲扇边沿绕了一圈，然后穿针引线，将白布条固定在蒲扇边沿……等我们睡醒，放在我们枕边的蒲扇都多出了一圈好看的白布边沿。我们拿着蒲扇，细细地看着，轻轻地扇着，蒲扇边沿划到皮肤，再也不疼了。外婆看着我们高兴的样子，比我们还开心。说也奇怪，蒲扇多了一圈白布边，我们三个男孩渐渐就不用蒲扇做武器了。渐渐地，蒲扇的功能被延伸：我们用围着白布边的蒲扇轮流为做饭的外婆打扇；晚上，我们用漂亮的有一圈白布边的蒲扇捉萤火虫，可能我们的蒲扇比较漂亮，很多时候，萤火虫都是自己飞到我们的蒲扇上来的。

那个夏天我们是最开心的，因为娘舅公公（外婆的弟弟）要带我和表哥表弟三人到苏州城去玩几天。印象很深刻，娘舅公公带我们在香山乘了"香山班"到南门轮船码头，然后乘1路车到察院场，走过怡园，就到了娘舅公公在苏州金太史巷的住处。那是好几家人家居住的一个小院子，走过长长的走道，在最里端的那家就是娘舅公公家。尽管这里没有我们乡下的家那么宽敞，但是，这小小的空间却能给我们无穷的乐趣。娘舅公公的孙女森森和我们差不多年纪，看见来了三个乡下亲戚，甚是热情，按着年纪喊我们"哥哥弟弟"，在家里调皮得像猴子似的我们仨，反而觉得很拘束。我们刚坐下，森森就跟娘舅公公说道："我带着他们到观前街买棒冰去，这天太热了。"娘舅公公给了一些零花钱以后，我们就跟着森森去观前街。来到一家冷饮店，我们第一次看到了大冰柜，售货员阿姨打开冰柜盖子的时候，我们透过白气，看到了满满一冰柜的冷饮。

森森给我们每人买了一根赤豆棒冰，打开包装纸，那棒冰还冒着白气，轻轻咬一下，哪咬得动！我心想：这才叫"邦邦硬的赤豆棒冰"。而且暗红色的赤豆有一大截。我联想到了在外婆家，有人喊着："阿要买棒冰，邦邦硬的赤豆棒冰。"外婆难得给我们买上一根，卖棒冰的人从自行车上那个裹着棉花毯的木箱子里取出的棒冰，哪是邦邦硬？已经在融化了，而且赤豆也是少得可怜的几颗。

娘舅公公带着我们兄弟仨和森森在苏州城玩了好多地方，印象比较深刻的还是动物园和东园。特别是东园，可以在湖面上划船，尽管天气炎热，但湖面上吹来的风使我们感到凉爽。难忘的还有东园大片的荷叶、莲花，使我们想到"接天莲叶无穷碧"的境界。因为我们香山那里不种荷花，所以第一次看到这么一大片的荷田，我们深深陶醉了。当我们走出东园门的时候，看到有人在卖莲蓬。娘舅公公给我们每人买了一个。拿在手中乘公交车回去的时候，我们以为这是买了玩的。到了娘舅公公家，森森告诉我们，这里面的莲子是可以吃的。只见她掰开喇叭样的外皮，一个个小凸起原来是一颗颗莲子。森森又将莲子嫩绿的皮剥去，露出雪白的莲子肉。森森轻轻咬了一半，细细地嚼着，品味着，看着就觉得这是一样很好吃的东西。我们也效仿森森的做法，剥开莲子，送到嘴里，莲子甜甜的、脆脆的，使我们完全忘却了暑天的炎热。

墨春兄的小视频循环播放着，我忽然想到了"人间烟火气"这个词语来，原来人间烟火也是有着深深意境的。我还想象着，接下来，我们或许会读到墨春兄"品夏"的书画小品，而不管是小视频还是书画，或许都会有外婆或者娘舅公公那样的人出现在我们心里，或者有联想不尽的美好往事浮现在我们眼前……

母校雪松记忆

中考前夕，镇党委书记等领导去我的母校——胥口中学检查中考备考工作。书记在当天的微信朋友圈发了这样一段话："胥口中学院内有一棵大树，已经超过四层楼高了，果然是百年树人的感觉，有谁知道树龄和老树的故事吗？在线求知。"书记还配了照片，她所说的那棵大树是一棵雪松，枝干遒劲，松针茂密苍翠，彰显出勃勃生机。我是20世纪80年代初期的胥口中学毕业生，从胥口中学毕业到今天差不多四十年了，很想把树龄和老树的故事讲给书记听。但是，尽管胥口中学校址没有变，整个学校的格局和建筑却全部发生了变化，当初我们读初中时的建筑已经全部翻新，几乎没有留下一处"旧址"供我们怀念过去的时光。不过，书记所说的那棵雪松是否就是我们就读母校时的那棵呢？

20世纪80年代初期的胥口中学，校园面积不满二十亩，约莫是今天的五分之一；建筑也很简单，北面两幢两层楼是教学楼，南面两排平房，中间隔一片操场，两排平房分别是教师宿舍和学生宿舍。两排平房的东侧分别有几间辅房，南面的辅房是食堂，北面的辅房就算是行政办公室了，还有一间阅览室。再往东就是学校围墙，围墙外面是一望无际的田野。就在行政办公室前面，我清楚地记得有一棵雪松，好像已经有些年龄了。还有一些别的绿植，大概就是当时母校的绿化景观带吧。初中生活的美好记忆时时会出现在梦乡或者初中同学聚会的谈笑里。

　　小学毕业，我可以在离家较近的水桥中学就读初中。因为水桥中学是胥口中学辅导区内的一个片中，而我小学毕业成绩是当时胥口乡第一，父亲为了让我接受更好的教育，让我这个农村孩子最终能够"书包翻身"，就想办法把我送到镇上的胥口中学读初中。开学那天，父亲送我到学校，第一站就是校长室。当时胥口中学的校长是一位女校长，已经是奶奶级的年纪，和蔼可亲，她微笑着在那棵雪松前的走廊里迎接我们。当时的雪松跟平房差不多高，九月的雪松，松叶是墨绿色的，闪闪发亮。第一次到胥口中学，这棵雪松就给我留下了深刻印象。就在那棵松树前，女校长把我交给了陌生的班主任，并告诉班主任："给你一个成绩优异的孩子，你要把他教得更加优秀。"班主任是个年轻的男教师，话不多，对着校长和我父亲就一句话："你们放心吧。"由此，父亲、校长、班主任和那棵雪松，在我的人生路上画上了充满希望的一笔。

　　生活、生长在太湖边的我们，从小就识水性。来到镇上，悠悠两千五百多年的胥江就在我们胥口中学后面。夏天来到，虽然已经是初中生，但我们依然调皮，背着父母偷湋冷浴的乡下孩子的习性没有改变。碧绿碧绿、清澈透明的胥江水深深地吸引着我们。终于，那个炎热的中午，我们几个铁哥们秘密约定，吃过午饭，偷偷地到胥定桥脚的河埠头下水湋冷浴。当我们享受完与胥江浪花搏击的快乐，来到河埠头上岸想穿衣回校的时候，我们都傻眼了，因为我们的外衣不见了。桥边有个熟悉的老爷爷告诉我们，我们的外衣被班主任拿走了。我们怀着忐忑的心情沮丧地回到校园，就看到班主任正站在行政办公室的走廊里，手里拎着我们的外衣等候着我们。我们赤条条地来到班主任面前低下了头，班主任当时具体说了些什么，到今天已经模糊了。但班主任用很长一段时间，以雪松打比方，使我们懂得了安全的重要和生命的宝贵，到今天还深深地烙在心底。

初中毕业，我们没有在那棵雪松前拍毕业照，因为那个地方不开阔，行政办公室简陋的形象也不好，我总觉得有点遗憾。但是，我们很多同学离开学校前都去了那棵雪松所在的地方，因为我们的校长在那里，因为我们班主任喜欢去雪松前的阅览室博览群书。我们去那里和校长、班主任说再见，再次聆听他们的教诲。

眼前，书记朋友圈里的那棵雪松是否就是我们读书时的那棵呢？我不得而知。但是，书记在线求问雪松的树龄和故事，上面的那些文字或许也可以算作答案吧。那棵四层楼高的雪松给人已经成材的感觉，而我们一届又一届从胥口中学毕业的学子，追求成才一直在路上……

"金窝银窝"

外婆的弟弟，我们称为娘舅公公，他们家住在苏州怡园边上金太史巷的最东端，到人民路近，到观前街察院场步行也用不了多长时间。外婆跟娘舅公公年龄相差比较大，人说长兄如父，外婆对娘舅公公颇有点"大姐如母"的意思。当初外婆已经结婚，娘舅公公还在学手艺。外婆在各方面都非常照顾这位弟弟，最终娘舅公公手艺学成，并在苏州城成家立业。娘舅公公因此对这位姐姐非常感恩，具体落实在行动上，对我们四个外婆的第三代——我、我姐和两个表弟兄格外喜欢，来乡下看我外婆时，总提出带我们去苏州城玩，并住上几天。我姐和表弟兄对去苏州城一直很期待，因为娘舅公公的家虽然近市中心，但是居住面积还是非常大的。用现在的话来说，那时娘舅公公家住的屋子是控保建筑，20世纪70年代，那些房子五柱落地，非常牢固，并且楼上楼下都是地板，柱子和地板都漆了红漆，很是豪华。哪像我们乡下，地面都是泥土拌了石灰敲打结实而成，梅雨季节走在上面，一不小心还会滑跟头。而且，光在娘舅公公家里吃喝玩乐就是一种享受，更不要说娘舅公公家在市中心，出门不远就可以到观前街或者察院场的公交站台，乘上1、2、5路等公交车前往各个景点游玩。印象很深的是在察院场乘上5路公交车可以一路到留园、西园和虎丘。要知道，那时我们乡下还没有通公共汽车，往苏州城只能乘一天一个来回的"香山舨"。

但是，我跟姐姐和两个表弟兄却是截然不同，每当外婆跟我们说娘舅公公将要来看她，并且要带我们去苏州城的时候，我马上会莫名地焦虑，也说不清楚为什么十分不愿意离开自己的家去远在苏州城的娘舅公公家。按说，那里不管是吃住还是游玩，都比乡下好多了，但我就是有一种来自天性的抗拒。记得第一次跟着娘舅公公去苏州城，约莫是我还在读幼儿园大班或者一年级时的深秋。到娘舅公公家时已近黄昏，看着夜幕渐渐降临，我想看看黄昏的夕阳，但看到的却是弯曲的小巷和鳞次栉比的各式建筑。尽管那时的古城区和今天的姑苏区一样没有高楼，但像在乡下一样看到夕阳从渔阳山头沉落下去，是根本不可能的事情。晚上，大家都躺下了，我辗转反侧，怎么也睡不着。在乡下能听到的各种熟识的秋虫的鸣叫声，现在成了不知道是谁打呼噜的声音，或者偶尔几声汽车的喇叭声。清早起床，娘舅公公为我们准备了早餐，是白米粥和买来的酱菜、油条。印象里米粥上应该有一层薄薄的粥衣的，"呼噜"一声吸进嘴里，又香又甜。但娘舅公公为我们准备的白米粥，我喝到的是没有新米清香的粥汤，还有一阵隐隐约约说不出的味道——后来知道了那是自来水的味道。即使那几天娘舅公公带我们玩了好几个苏州园林，还去了动物园，但我早已经迫不及待地想回家了。

回到家，我和年迈的爷爷说起了在苏州城不太舒服的感受，爷爷笑眯眯地告诉我："那就叫'金窝银窝不及自家的狗窝'。"年幼的我懵懵懂懂地知道这句俗语的大意，但其深刻的含义，一直到这次我校外出岗位锻炼的一位同事到我办公室进行了一番交谈，我才有了更加清晰的了解。

根据上级的要求，这次我校一位干部要到区域内一所十分优秀的学校岗位锻炼，目的是学到更多的管理本领，回来后把我们学校的管理工作做得更好。那位干部去岗位锻炼学校的第一天晚上，我就在朋友圈里看到了她发的一句话及一张很应景的图："做梦都想立即回到自己学校去。"我并没有当回事。第二周周五下午，学校有事请那位干部回来一趟，她直接来到了我的办公室，滔滔不绝地跟我讲起了对自己学校的思念之情，那些画面通过她的描述一个个出现在我的眼前：我校广场上那本翻开的大书的雕塑、孩子淳朴的笑脸、同事间友好的问候，还有我们校园外那条流淌了两千五百多年的有灵气的一箭河……

我跟那位干部说："你去岗位锻炼的学校是全区优秀学校之一，我也曾经去锻炼过的。其实你现在的感受就像幼儿园小班的孩子那样，还有些'恋母'，还没有从中走出来，在那里一年或者两年，你一定会大有收获的，到时很有可能不愿意再回来了。"我和那位干部会心地笑了。不过，我也理解她跟我交流时的另一种内心感受，她是我们这所学校的创办者之一，她的内心深处，对于这所学校，一定有着像我在娘舅公公家里时心中装着的那些东西——渔阳山头的夕阳、鸣叫的秋虫、香甜的粥衣……，而那些东西是会融入人的灵魂深处的。我进一步懂得了爷爷告诉我的"金窝银窝"那句俗语的深层次含义。

《画堂春》诞生记

　　江苏教育界有一件盛事，教海探航征文颁奖活动，省内各市、区的教育局都想竞得该活动的举办权。第30届教海探航被我们吴中区级教育局争取到了，因为三十年前的第1届颁奖活动就在我们吴中——当年的吴县东山实验小学。又因为我们胥口中心小学有全区最大的会场，而且现代化设施一应俱全，所以颁奖会场就被安排在胥口中心小学。2018年11月的颁奖活动，从2017年就开始筹备了，教育局领导多次亲临胥口中心小学指导筹备工作。其中，校园文化布置成了准备工作的重点之一。根据设计者的意图，校园文化将有重大调整，包括十二年前上任校长精心设计的学校门厅。我很担心门厅里的那幅书法作品，那是原吴县教育局教科室周永沛主任的作品《画堂春》，由全国著名书法家徐纯原先生书写，是六尺横幅。校园文化布置基本结束，现任俞铁强校长请我去看看。果然，没有在门厅看到周主任创作的《画堂春》，我有点失落。不过，在重新布置过的报告厅，我惊喜地看到了那幅作品，与家乡画家蒯惠中先生的六尺画作《太湖春》挂在一起。两幅作品在报告厅珠联璧合，使报告厅有了别样的韵味。再次欣赏周主任的作品，那个夏天请周主任创作诗词的情景浮现在眼前。

　　那是2006年学校易地新建刚刚落成启用，时任校长邱春华负责学校的文化布置。胥口镇是中国书画之乡，他想在门厅布置一幅巨幅书法作品，作品的内容怎么甄选，我们不约而同想到了我们的老领导周永沛主任（我和邱校长都是从学校教科室主任成长为校级领导的），想请他为我们创作一首属于我们学校的诗词作品。作为邱校长的副手，邱校长指定我完成这一任务。于是，我开始和周主任联系。周主任一口答应，并提出必须到学校看看才能进行创作。

我和周主任约定的时间在炎热的八月，学校租用的那辆汽车已经"老气横秋"，空调成了摆设。那天上午七点多出门，到教育局时我已经热汗淋漓。在周主任办公室，空调送来的凉风令我心旷神怡。我不好意思地跟周主任打招呼，接他的车子空调不起作用。当时周主任已经超过退休年龄，但他是著名特级教师，因此教育局继续留用。年迈的周主任乐呵呵地说道："没事，别看我老头子一个，耐热性不比你差的。"我们哈哈一笑来到骄阳下的车子旁，一头钻进了那辆"老爷车"，我看见汗水马上从周主任的额上渗出来，周主任用随身带着的毛巾默默地擦着汗。司机师傅不停地招呼着："周主任，不好意思啊，空调坏了，您老……"周主任马上打断司机，微笑着说道："师傅开车都没事，我们乘车的比你舒服多了，哈哈……"说完这话，我看见周主任喝了一口随身带着的矿泉水后便沉思起来。司机把车开得很快，我理解他的心思，他想快一点到学校。忽然，周主任转向我："小柳，我想送给司机师傅一首打油诗。""好啊，好啊！"我和师傅立刻来了精神。"八月中旬走胥口，一路叮当一路抖。师傅开车真辛苦，中午多喝一杯酒。"车上响起一阵笑声。说说笑笑中，我们的车子到了学校。

邱校长将周主任迎进校长室，向周主任介绍着学校的发展现状及愿景。周主任边听边点头，不时问几句。汗湿的短袖还没干，周主任提出到校园里走走。偌大的校园走下来，周主任的短袖又一次湿透，但他很开心地对我和邱校长说道："作品基本有了思路，待我回家以后好好斟酌，作品过几天就会给你们。"

果然，还没开学，周主任就打电话给我，叫我去他办公室拿作品。到了之后，周主任随手递给我打印好的词作《画堂春》。我读了好几遍，感到我们镇的文化和学校的发展愿景都蕴含其中了："灵岩南望满庭芳，朝阳漫洒学堂。少年倜傥写辉煌，气宇轩昂。　画笔绘成锦绣，藤萝编就华章。当年伍相问春光，情寄胥江。"周主任还得意地高声诵读了好几遍，并谦虚地请我提出意见和建议。

后来，我们请全国著名书画家徐纯原先生将作品用书法诠释，又展示在门厅。周主任看到后，又一次高声诵读，表示这是他创作的词作当中比较满意的一首。

学校的艺术特色日益彰显，教育部、省教育厅、市教育局领导及社会各界人士多次到我们学校参观指导，周主任的那幅作品成了学校一道靓丽的风景线，参观者总会在作品前驻足，或默默欣赏，或大声吟诵。

今天，又一届校长将其保留，传承的是学校的百年办学底蕴，而周主任为学校搭建了传承优秀文化的美丽桥梁。

儿时的小吃和零花钱

　　校园周边的小店总是生意兴隆，看看现在孩子的零花钱，少则5元、10元，多则50元、100元，今天的孩子花钱是多么爽快，小吃是多么丰富，但不见得他们有多么幸福，所购的东西也不见得有多么健康。不禁想到了我们儿时小吃和零花钱的故事来。

　　20世纪70年代，我们的家长整天都在田里，一天劳动用工分计算。年终算出总的工分以及工分的单价，队长和会计就组织全小队的社员"分红"（给农民发工资）。去除生产队给每家分发的粮食、食油，过年的鱼肉等费用，很多人家都会透支——干了一年还欠生产队一些钱，其他人家也只分到可怜的数十元，几乎没有满百元的。当时我爸爸在大队里做副职干部，我妈妈是生产队里的劳动能手，一年下来的工分数字比较可观，一般不会透支，但分得的票子少得可怜。因此，对于小时候的我们，拥有零花钱简直就是神话。

　　俗话说，民以食为天。这句话也可以用到小孩身上——不管哪个年代、哪个地方的孩子，都希望能够有一点小吃。我们乡下的孩子在小吃这方面很会动脑筋，因为田地里各个季节都有可以吃的东西。春天，蚕豆长出来了，在没有饱满的时候，蚕豆是可以生吃的，甜甜的、香香的。放了学割草的时候，路边、自留地里，随手可以采到没有成熟的蚕豆，那时，我们很形象地称之为"打鸟"：将小手握成手枪的样子，口中配上砰的一声，就把一结（"结"为方言发音，指一个豆荚）蚕豆采下，小心地剥开，细细品尝。夏天，小吃就多了，以瓜果为主，以"偷食"为主要方式，大人们一般也不把我们的行为视作"偷"，有时被看瓜人抓个现形，只是骂几句，关照我们不要糟蹋生产队里大人们的劳动成果。秋冬两季也有好东西：烤山芋、烤玉米等等。

但是，农村的孩子对于小吃，总不满足于地里长出来的，我们很希望像城里的孩子那样，到村上唯一的店里——供销社去买一些小吃。这种感觉，我和我的两个表弟兄更为强烈。因为我们的娘舅公公一大家子都在苏州城，娘舅公公特别喜欢我们，每年暑假都要接我们到苏州城去住几天。娘舅公公家就住在观前街边的金太史巷，步行到观前街也不需要多少时间，经过怡园就到了。娘舅公公的大孙子大我们五六岁的样子，经常带我们去观前街口的食品大厦和第一百货商店闲逛。娘舅公公当时在留园负责画廊，和外国游客打交道，收入应该不错，所以，他给他孙子的零花钱还是很可观的。每次去食品大厦和第一百货商店，我们都能从那位大表哥那里分到很多小吃，印象深刻的有大白兔奶糖，那在我们乡下几乎是吃不到的；还有香蕉，第一次吃到时我们都很吃惊，世界上竟然有这样好吃的水果，我们乡下的地里怎么不种呢？还有各种饼干、杏仁酥、桃酥等等。

暑假住了一周左右回到乡下，有小吃的幸福生活就结束了。印象里，我们大胆地问大人要零花钱是从外婆开始的。我外公是苏州二建的退休工人，我们经常跟着外婆到有着小集市和邮局的水桥小镇上，外婆拿了汇款单去邮局领外公的退休金。应该是每个月十来元吧，外婆很小心地将几张钞票用手帕包好，留下5分、2分、1分的硬币，去小镇上的店里买点糖果给我们解馋。年纪渐长，我们很希望自己有零花钱到小店买点小吃。我们终于鼓起勇气，用很乖的行动来换取外婆的喜欢，希望能够因此要到零花钱。比如，听到母鸡"咯咯哒"叫了，我们就主动爬到臭气熏天的鸡窝里把鸡蛋捡出来给外婆；灶头边没有稻柴了，就去猪窝为外婆搬柴……当外婆对我们表示赞许的时候，我们就"合作"问外婆讨要零花钱。外婆没有吃惊，倒是非常爽快地打开手帕，给了我们每人一个1分钱的硬币。那时的开心劲，到现在还记忆犹新。于是，我们开始有了去小店买小吃的经历，我第一次用1分钱买了3个梅饼。

其实，到20世纪80年代初期我读初中时，我的零花钱还是少得可怜的。当时，我在镇上读书，如果步行回家，得一个半小时。因此，我选择了住校，父母每个月给我五元钱，这五元钱包含了一个月的菜金、每周回家一趟的公交车车费。这一张五元钞票，我总是用心地分配着用。因为父母跟我有约在先，用完就不再给钱。有次，有个同学拿了个三角纸包，塞了几颗花生米给我，对于那时的我们，花生米是很少见的。我在做乡办厂供销科科长的大舅家曾经吃过油炒花生，但同学塞给我的花生上没油，只是有点发白。塞进嘴里，轻轻一嚼，不仅又脆又香，还有一种说不出的鲜味。我向那位同学打听这是什么花生，同学告诉我这叫"盐水花生"，胥口镇上的小百货店有卖，一毛钱一包。

一毛钱！太贵了！我是买不起的。自从同学给我吃了那几颗盐水花生，我一直在内心斗争着。直到周六放学，要乘车回家了，我来到胥口镇的那个小百货店，在柜台里看到了那盐水花生。我忽然有了一个大胆的念头：乘车回家九分钱，我走回去不就得了吗？于是，我痛下决心，用一毛钱买了一包花生，毅然步行踏上了回家的路。那天边走边品尝花生的情景至今还能想起，一个半小时，我吃完一包花生，看看路边的杨柳，复习了一遍那天所教的英语单词，还背诵了多遍《岳阳楼记》。可谓一举多得！

都说，幸福和物质有关系，但我觉得不是绝对的正比关系。关于儿时小吃和零花钱的回忆，使我感到我们那时候虽然物质匮乏，但我们的童年似乎比今天的孩子更丰富多彩。

儿时的劳动

刷到一个小视频：农村里一群男士看到一个美女驾驶豪华摩托翻到沟里，他们立马扔了农具殷勤相助。将摩托扶起来后，男士们和美女对话，问是否已经有对象。当那群男士听说美女还是单身时，他们个个面红耳赤，腼腆不已。当无意之中问及美女会不会做饭而美女告知"不会"的时候，那群男士马上逃之夭夭。

我在哈哈一笑的同时，忽然想到了眼下特别强调的劳动教育，我在各大媒体看到了许多学校的丰富多彩的劳动教育，不禁为之喝彩。各类教育培训机构也闻风而动，纷纷转向劳动教育培训。不过，看到培训机构广告中的承诺：学费多少可以让孩子学会做一桌可供家人享用的一般菜肴，学费多少可以让孩子达到相当于什么级别的厨师水平……我陷入了沉思。我不禁联想到有些媒体宣传学校劳动教育的时候，似乎也是形式重于内容，功利重于实效。

记忆不禁被拉回到了童年，我们的孩童时代。当时强调的是德、智、体全面发展，还没有特别强调美育和劳动教育。但是，我们的童年时光，劳动是实实在在的。

割猪草是20世纪六七十年代农村孩子的集体回忆。每天放学回家，根据父母的规定，需要完成的第一项任务不是作业，而是割满规定数量的猪草。如若因为贪玩没有完成任务，轻者一顿责骂，重者一顿狠揍。第二天必定不敢再犯。不要以为那时候没有回家作业，学校对教育质量抓得还是很严的，语文、数学每天都有作业。这些回家作业夏天还能在日光中完成，冬天必然是在煤油灯下完成了。那时候，凡是能长草的地方，都是光秃秃的，印象最深的是田埂、桑树底下，简直如"光头"一般。一旦发现哪个地方还剩着没人下手的猪草"处女地"，要么只一个人知道，"吃独食"，要么告诉打架高手，和他共享而只归两人所有。直到今天，我们这个年岁的人，到田间地头或者荒郊野外，看到丛生的杂草时，总会情不自禁地惊喜，因为在我们的潜意识中，还时不时会冒出占有这些野草的念头。从小割猪草带给我们一生受用的好处是，每当单位组织公益劳动，尤其是要清理一块杂草丛生、垃圾满地的地方的时候，我们从来不退缩，而且手脚快。这种时候，逐渐成为各单位中流砥柱的"80后""90后""00后"，只能"望草兴叹"了，他们可能不知道从何下手，因为他们没有过割猪草的经历。

做饭、洗刷、扫地等家务，应该是劳动教育离孩子最近的内容，"60后""70后"儿时一般都比较擅长这类家务活。我已经记不清是什么时候学会洗碗的。反正有记忆开始，我已经学会并且每天践行。那些细节还很清楚，父母给我和我姐排了班，一隔一轮流扫地、洗碗。当时我还没有灶头高，母亲专门让做木匠的外公做了一个小凳子，专供我站在上面洗碗，特别是洗那只直径有八九十厘米的大锅。有时，我会动些小脑筋。比如，晚上吃新鲜粥，锅边会有一圈米糊特别难洗。这时候，我就会和姐姐商量，我扫地姐姐洗碗。有时地难扫，特别是家里的那群鸡鸭在客厅"大闹天宫"以后，会留下很多鸡鸭粪便，必须到灶膛取些草木灰才能扫掉，又臭又难扫。我又和姐姐商量我洗碗她扫地。当时做老大的总是让着小的。

不得不重点说说做饭。我们小时候，父母一般整天在田间劳动，后来有了村办厂，父母更是忙碌。于是，做饭这件事自然落在我和姐姐身上。姐姐大我两岁，父母先教了姐姐做饭，特别是烧菜的方法。我则辅助姐姐，姐姐上灶（做饭、炒菜），我下灶（专门烧火）。两个灶眼必须同时开火，一个烧饭，一个烧菜。在父亲的指导下，我能把灶膛的火烧得旺旺的，这里的诀窍绝非一两句可以说清楚。我逐渐长大，已经不满足于下灶，和姐姐商量让我上灶。烧饭怎样加水，蒸笼架上怎么蒸蛋、蒸茄子等，我很快就掌握了，难的是炒菜，我们小时候吃的菜一般以自留地上的蔬菜为主，有时候也会买鱼或者其他荤菜。姐姐手把手教我，我不仅很快学会了蔬菜和荤菜的一般烧法，还有很多创新的举措。而这些，在我们独立生活以后，显得那么重要。后来因为儿子读书，我们一小家三人来到镇上生活。离开父母以后，生活方面没有受到任何影响。现在回忆起来，都是从小父母就放手让我们完成各种家务的结果。

今天的孩子，父母那一代一般都是独生子女，没有参与过如我们小时候那样的劳动。年轻的父母其实还是寄居在他们父母那里，日常生活中的劳动意识和能力，都不是太强的，外卖的红火也可以很好地说明这一点。因此，如何在生活中引导现在的孩子完成力所能及的劳动任务，就显得尤为重要了。

丑 石

扉页上，顾老师还送给我泰戈尔的一段话："不是锤的打击，乃是水的载歌载舞，使鹅卵石臻于完美。"

"馋鬼"儿子和"烟鬼"爸爸

　　森森在学校的各类竞赛中都能夺冠,可有一样夺冠令爸爸妈妈头疼,那就是全校"第一嘴馋"。爸爸妈妈给他的零花钱,他全部买了辣条、干脆面、晶晶果……零食吃多了,见了饭就讨厌,人瘦瘦长长,同学们都戏称他"黄豆芽"。森森的爸爸是一名高级技术员,科研成果多次获奖,可有一个项目却让森森和妈妈都头疼——一天至少两包香烟,雷打不动。他身上的烟味儿,几乎能让森森和妈妈窒息。

　　森森妈妈,家里的事儿处理得井井有条,四邻八舍都夸她是最优秀的贤妻良母,社区评好家长年年都轮得着她,可有了这两个"鬼儿"——"馋鬼"和"烟鬼",她的眉头总皱得紧紧的,她绞尽脑汁想戒了父子俩的"瘾儿",却屡屡失败。近些日子,妈妈使出了一个新招儿,趁爸爸不在时对森森说:"森森,你不是讨厌爸爸抽烟吗?爸爸说过,只要你把零食戒了,他一定戒烟。"她又瞒着森森对爸爸说:"你不是为儿子嘴馋吃零食伤脑筋吗?儿子说了,爸爸戒烟,他就戒零食!"可是,没几天工夫,父子俩各自"瘾儿"大发,且发现了妈妈说话的秘密。父子俩暗地里沟通:爸爸给儿子零花钱买零食,儿子为爸爸抽烟的事保密。妈妈被父子俩的"联合地下活动"蒙蔽,成了真正的"被蒙蔽对象"。

　　真正让森森戒了"馋瘾"、让爸爸戒了"烟瘾",还要从学校大队部的"红领巾小银行"讲起。

新学期开学了，学校因为学生吃零食现象严重，开办了"红领巾小银行"。大队部设立总行，各中队设立分行，大队部聘各中队中队长担任分行行长，森森是他们班的中队长，理所当然地成了分行行长。那天的聘任仪式上，森森从大队辅导员手里接过存单和存钱用的小铁盒的一刹那，那"馋瘾"不知道怎么忽然犯了，他手一抖，铁盒子"哐"的一声掉在地上，森森马上弯腰拾起来，脸上顿时火辣辣的。他抬起头，望望大队辅导员，只见辅导员正微笑着望向他，好像在鼓励他说："你一定会成为一个出色的行长！"

回到中队，在中队会上，森森向全体队员宣传了办小银行的好处："队员们，我们要节约，做到不乱花……不乱花零花钱，不……不买零食吃，要把零花钱存到中队的小……小银行来，今后……今后……"不知怎的，平时一向说话流利的森森竟然连连口吃，甚至连话都没法说完整。森森心里清楚，是自己的"馋瘾"在捣鬼，今天早上爸爸给自己的五元钱在挠他的心。但今天他是分行行长，他马上打断自己的胡思乱想，毫不犹豫地把口袋翻了个底朝天，第一个把五元钱放到总行下发的小铁盒里，并开出存单："徐森，存款金额五元。"举起存单的时候，教室里掌声一片。中队辅导员张老师的掌声最响亮，自己的小助手——一直被同学们戏称为"馋鬼大王"的森森，果断地把零花钱存进了小银行，当然要热烈地为他鼓掌了。但在老师和同学们的掌声中，森森的口水如泉水涌动，他咽下了一口又一口口水。在森森的带动下，队员们纷纷掏出零花钱，存款队伍成了一条长龙，小铁盒的底儿很快被零花钱填满，存款眨眼间都快有小半盒了。

放晚学了，森森把存款存到大队部总行去。一看其他中队的存款金额，森森发现他们中队的最多。大队辅导员表扬森森工作做得好，森森心里真感到自豪。走出校门，几个小吃店像故意横在森森眼前似的，琳琅满目的零食和小吃似乎正召唤着他："森森，辣条多诱人哪！""森森，新口味的干脆面人见人爱……"森森在一片小店的柜台边站了好久。终于，他扭过头去，狠狠地咽下一口口水，匆匆离开小店，快速回家去了。

回到家里，森森做完功课，和小区的小伙伴一起玩游戏时，心里总觉得少了点什么似的，特别是看到邻居家小弟弟吃奶酪棒时津津有味的样子，森森心里的难受劲儿，真是无法表达。

一会儿，妈妈回来了，森森亲热地喊着妈妈，快步跟到家里。"妈妈……"森森欲言又止。妈妈看着森森那奇怪的样子，知道他心里有话说，就亲热地问道："森森，我的乖儿子，有什么话，快讲给妈妈听听。"森森望了望妈妈，低下头："我真想……哦，不……"他真不知道怎么跟妈妈说。

好久，森森终于鼓起了勇气，对妈妈说道："今天爸爸给我的五元零花钱，我存到我们学校新开办的'红领巾小银行'了，您看，这是存单！""怎么？"妈妈被森森的话给说蒙了。森森一五一十地把他和爸爸的"地下活动"向妈妈做了交代。妈妈高兴地说道："我们森森忽然长大了，看来，森森真的有希望把'馋鬼'的帽子给脱了。"母子俩又悄悄商量好了对付"烟鬼"爸爸的好办法。

一阵咳嗽声传来，森森知道爸爸回来了。爸爸单位离家不远，正好一支烟工夫。来到家门口，爸爸又是那个习惯动作：把烟头儿往门前草丛里偷偷一扔，他是想躲过森森妈妈的喋喋不休。哪知在这一瞬间，森森以迅雷不及掩耳之势，打开屋门。爸爸那偷偷摸摸的样儿在母子俩面前来了一个大曝光。爸爸看到森森妈妈正怒目圆睁，又看着森森一本正经的样子，故作镇静，惊奇地问道："怎么，森森，你叛变了吗？"森森义正词严："'烟鬼'爸爸，从今天开始，我正式宣布，我要和'馋鬼'说拜拜了。怎么样,您什么时候和'烟鬼'说再见啊?"爸爸和妈妈都被森森那样儿给逗乐了,森森看着爸爸妈妈,也高兴地笑了。

此后,森森的饭量增加了,同学们渐渐忘记了"馋鬼""黄豆芽"的"美称";森森爸爸牙齿上的黑褐色也慢慢淡了,身上的烟味儿也逐渐消失了。

过新年了,爸爸和森森从新华书店买回了一大摞图书。整个新年,除了必要的外出,父子俩都钻在书堆里,妈妈嗔怒道:"这父子俩,怎么又一下子成了'书虫'呢?"妈妈一边说着,一边忙里忙外,快乐地哼着小曲,紧皱的眉头终于舒展开了。

做客大三元

那是20世纪90年代，刚放暑假的一天上午，爸爸兴奋地告诉我和妈妈，要带我们去大三元酒家做客。原来是爸爸初中时的几位同学要聚会，那几位同学都是爸爸的铁哥们，从小一起长大，后来他们都考上了大学，在外地发展，如今都成了大款。爸爸说他当时目光短浅，初中毕业报考了师范，如今当个小学教师，虽然光荣，可是钱不多。爸爸说的是真话，就说那大三元酒家，它是我们镇上最豪华的酒店，偌大的院子，一幢高楼矗立着，豪华极了。尤其到了晚上更是美不胜收，整幢楼被漂亮的灯光照得如碧玉，"大三元酒家"几个大字由霓虹灯装饰而成，变换着各种颜色。大院里还有各色的霓虹灯，有的如礼花绽放，有的如喷泉涌动。隔着玻璃门往里看，大厅金碧辉煌，包厢里则不时传出干杯声、说笑声。班里的好多同学都曾经光顾过那里，我多么想也去那儿做一次客，但那是不可能的。记得酒店开张后的一天晚上，我和爸爸散步经过大三元，爸爸想带我去院里转转，严肃的保安马上将我们拦住。爸爸说他是镇上中心小学的老师，哪知这么一说，保安将我们拒之门外的态度更坚决了。我和爸爸都极扫兴。以后散步也故意避着那个方向。因此，当爸爸说要做客大三元，我们都很高兴，毕竟这回我们可以骄傲地做一回酒店的上帝了——顾客是上帝嘛。

那天上午，家里的气氛很不寻常。爸爸妈妈都穿上了平时不舍得穿的新衣服。我的穿着更成了"大课题",爸爸妈妈商量了好一番才做出决定:从头到脚全部穿上新的。这弄得我好不自在,特别是那双新皮鞋,箍得我的脚趾生疼生疼,而且我从小就不喜欢穿皮鞋,总觉得穿运动鞋才是最舒适的。爸爸劝慰我说"快升六年级了,是小伙子了,穿皮鞋才有'派头'",这才使我勉强穿上了。电话铃响了,原来是在苏州经营装潢公司的陈叔叔开车来接我们了。我们来到小区门口,只看见一辆崭新的别克(Buick)车停在那儿,陈叔叔正和我们打招呼呢。

　　来到酒店,走近大门,两扇玻璃门自动打开了。陈叔叔腋下夹着包挺胸抬头走在前面,他儿子希希和希希妈妈紧跟着大方地走进大厅。我看到尾随其后的爸爸妈妈走路似乎很小心的样子。或许受父母的影响,也或许被大厅的豪华所震慑,我也小心翼翼地迈着步,生怕踩坏了大厅里锃亮的地面。漂亮的服务员阿姨把我们领到了"状元厅",爸爸的另几位同学都已到了,一番寒暄过后,我们就围着一个很大的圆台开始用餐了。一道道菜色、香、味俱佳,好多菜我见都没见过,只觉得味道好极了。爸爸他们几个老同学几杯酒下肚,话匣子就打开了。他们回忆起了孩提时代的生活,把我们几个小孩子都吸引了过去。什么去太湖里赶虾呀,到田沟里挖泥鳅呀,还有晚上用手电捕麻雀,去田里摘西瓜等,那些事都有趣极了。哪像现在,父母要么把我们关在家不准出门,要么带在身边寸步不离,若想同几个小伙伴去太湖边或林子里玩耍,他们会一百个不放心。我生活在农村都这样,爸爸几个同学的孩子在大城市,就更没机会接触大自然了。爸爸和他的同学很快把话题转到了做生意赚钱方面,爸爸的同学谈得眉飞色舞,他们一会儿谈业务,一会儿说购房,一会儿又比起了自己的汽车。我看到当教师的爸爸这会儿插不上嘴了。一会儿,他们又由谈收入说到了子女的读书问题。希希他们几个都在所在城市最好的实验小学读书，成绩顶呱呱，还有一两项"绝活"，如希希的钢琴已考到了几级，爸爸另一位同学的女儿的绘画也考到了几级，还拿出了几张卡通画给大家欣赏，那些画作都画得惟妙惟肖，跟动画片里的一模一样，令大家啧啧称赞。当问及我的学习情况时，爸爸又有点黯然，因为我的成绩只是平平。平时，爸爸跟他的同事交谈时一直开玩笑说："匠人屋里'蹩脚凳'。"这次在同学面前，他竟也夸了我的一个长处："孩子语文还好，已有四五篇作文发表了。"我看得出来，爸爸说这话时，似乎有点无奈的样子。因为爸爸总觉得发几篇作文是算不了什么的。

吃过饭，我们几个孩子由妈妈们陪着去大三元的娱乐厅玩了个够，爸爸们则聊他们的话题去了。傍晚，我们几家在大三元门口要分手了，他们都坐上了自己的车，几位叔叔都坚持要送我们，爸爸都一一谢绝，说走回去也只要一小会儿的时间。当我坚持要坐车回去时，我看到爸爸的目光是那么吓人，我就只能作罢。看着几辆轿车都驶远了，我们才慢慢走回家。一路上，我因为一天玩得尽兴而不停地说着话，妈妈也挺高兴地回味着做客大三元的情景，只有爸爸偶尔才回答一下我们的问话。我感到纳闷，他们老同学难得聚会，爸爸该高兴才对，怎么情绪反而这般低落呢？

吃过晚饭，爸爸很反常地将我拉到他面前让我坐下，和我谈了一些我觉得很深奥的话，中心思想我能体会出来：我是爸爸的希望，希望的实现要靠我理想的成绩。接着，爸爸向我宣布了几条措施：帮我在镇上找两个培训班——奥数班、英语班。我的头脑中当即就"嗡"地一响，看来，回老家和爷爷一起去田头、去小河边玩耍的计划落空了。看着爸爸严肃的表情，我没敢多说什么。在小房间看书时，我听到爸爸在和妈妈谈去妈妈公司打短工的事。

按爸爸的要求，我在几天内把薄薄的一本《过好暑假》给完成了。一天，我看到桌角上有两张收据：奥数培训费400元，牛津英语培训费400元。我还看到厨房间有一箱我平时最爱吃、而爸爸总不舍得给我买的"来一桶"方便面。那天吃晚饭时，爸爸高兴地对我说："明天我们去苏州吃肯德基，为你后天的培训班吃一次'开工酒'。"我心里酸酸的。第二天，我吃着梦寐以求的肯德基烤鸡腿和双层夹心汉堡的时候，看看爸爸傻傻的眼神，我一点都高兴不起来，我甚至有点想流泪。

"开工酒"吃完了，爸爸去妈妈公司打工，我一头扎进培训班。奥数培训班第一次上课结束，我晕极了，什么"大和尚、小和尚吃几个馒头"，我怎么也搞不懂该如何计算，只想象着馒头是什么馅的，里面是否有汤汁。记得爸爸曾和他的朋友谈过孩子学奥数的事，他反复跟朋友说真正有数学天赋的只占5%左右，我想，我肯定不在5%之内，爸爸或许也知道。那他为什么硬要我学呢？仔细想一想，爸爸一定是受了那次同学聚会的刺激，受了高考"3+X"的影响。痛苦的事还在后头，英语班的老师说20天将学完两册书，让我们每天得记住20到30个单词。天哪！我平时一天背10个单词就累得不行了。但当我回到家里，看到父亲狠狠心帮我买的一箱子"来一桶"时，所有的痛苦，我都只好认了。

爸爸每天和妈妈一起外出，夜幕降临才回家。当他们看到我趴在桌上或静静地"啃"奥数题，或凝神背英语单词时，疲惫的脸上总会浮现欣慰的笑容。一天吃晚饭时，我忽然发现爸爸比原来瘦了、黑了，情不自禁地问他："爸爸，你在干什么临时工哪？"爸爸笑呵呵地说："爸爸是老师，做临时工当然也和文化打交道。"但看他支支吾吾的样子，我知道他一定在骗我。后来问了一位同学（他爸爸也在那家公司上班）才知道，原来爸爸在顶替一位请病假的保洁员。我不禁想：不上好培训班，我怎对得起辛劳的父母呢？

　　快开学了，我的培训班和父亲的打工都结束了。我的努力换来了奥数和英语都是95分以上的好成绩，爸爸则领到了两千多元的工资。这天，爸爸又一次宣布："今天我们一家去大三元做客！"走进大门的时候，我看到爸爸的腰杆挺得直直的，我和妈妈也神气了许多。干杯的时候，我故意讨好爸爸："爸爸，我现在要读好书，将来当大老板，经营一个比大三元更好的酒家。"爸爸激动得将一杯酒一饮而尽。

　　那天晚上，我做了一个奇怪的梦。梦见高考时我的数学和英语都考了不及格，而我却以自己的特长——出版了五部长篇小说，被北京大学破格录取。读完大学，我成了一个如冰心奶奶那样深受小朋友喜爱的大作家，我的作品小朋友都爱不释手。我的童话《森林中的大三元》获得了儿童文学大奖。我在作品中告诉小朋友，森林中有个村庄叫"大三元"，在那儿，猴子靠自己的本领摘果子，兔子靠自己的本领种胡萝卜，长颈鹿靠自己的本领吃高处的树叶，白鹭靠自己的本领下水捕鱼……它们都因自己的劳动和创造而幸福地生活。

神　偷

　　新班主任高老师还兼着学校的一个"芝麻绿豆官"——学校德育处主任，所以她每天总是上第一堂课，上完课走人，过后就很少有时间来"缠着"我们。可她有一招很让我们几个"自由派"伤脑筋，那就是让以前班中似有似无的十来个班干部活跃起来了，权力也大得吓人。尤其是"老好人"班长变化最快，一下子成了"百管"，而且什么事都管得滴水不漏。最使我头疼的是，高老师让"老好人"与我这位"神偷"结成"扶贫对子"。结对那天，高老师领着我们俩来到安静的三角阳台上，要求"老好人"重点对我的思想"扶贫"，还故意点了一下我那"神偷"的桂冠。我当时很不以为然，要说我那"神偷"的美名，我还颇引以为豪呢，就因这，我拥有了"崇拜者"，他们都羡慕我的"智慧"和"手艺"，更钦佩我"宁死不屈"的精神。那回偷得稍大了点儿，全校上下都知道了这事儿，可校长拿我没辙，派出所的叔叔只能对我进行教育，因为吃官司我还不够格。那天在城里开店的老爸正巧回家，老师告了我一状，面对老爸的一顿毒打，我哼都没哼一声。我的崇拜者们看到我鼻青脸肿，都一边安慰一边朝我竖大拇指。你问我为什么偷？我说不出理儿。但我有两个想法，第一，我想买玩具但爸妈不给钱。要知道，小店里的各种玩具可吸引人呢，尤其是那些高科技玩具，什么遥控赛车啦，声控小狗熊啦，激光电筒啦，有时星期天我一个人在小房间能玩上一整天，甚至能做到不吃饭，不撒尿。第二，小时候偷着玩玩，长大了我自然会改正，因为我知道长大了再偷，会进班房的。还有，那就是我太闲了。自从邻居玲玲姐姐高考落榜走进茫茫太湖去了另一世界，我一下子对学习没了兴趣，对考试分数简直有点厌恶，要不是分数，玲玲姐姐怎会有这样悲惨的结局？五年级起，我的成绩一落千丈，可我并不在乎。我同时成了老师、父母心目中不可救药的坏孩子。可这正合我意，我可以痛痛快快地玩我喜欢的东西了，比如小制作。

五年级下学期，我开始逃课，一些副课老师竟也懒得管我，我觉得逍遥极了。记得那次逃课，我来到一家小店，看到小店正出售拼装赛车。我多想买一辆试试自己的手艺。可那赛车卖价15元，我哪有这么多零花钱？我看到小店老板娘正在理货架，一个"偷"字出现在我的脑际。说干就干，我眼疾手快，拿了一辆塞进衣服，然后故作镇静地走出了小店。我觉得，当时我的心跳将近每分钟200次。第一次得手后我就老练多了。后来我发现我们学校有好几个像我这样的同学，我很快和他们成了铁哥们，我们有福同享，有难同当。因为我的"手艺"最好，也最讲义气，我很快成了团伙中的"老大"。不巧的是，我刚当上"老大"，升入六年级后，德育处的高老师就成了我的班主任。听说高老师使学生转变的手段"高明"，以前我们团伙中的两位就因为高老师当了他们的班主任而乖乖"归降"了。可我很自信，高老师能把我这"老大"怎样？而且想用"老好人"扶我的贫，没门！不过，"老好人"这学期真的变了，他总是死死地"叮"着我，就如我的影子一般，还比老太婆还老太婆地跟我讲道理。但我总不肯罢休，我要让高老师和"老好人"知道我"神偷"的威力。听说这几天小店里又新进了一样玩具——陀螺，旋转时不但会发光，还会放出好听的《祝你生日快乐》的乐曲，我真是太想买了，钱呢？偷啊！可

"老好人"如蚂蟥一样"叮"着我,我哪有下手的机会呢?

机会终于来了,因为水痘袭击我校,"老好人"得水痘请假三天。我想,这真是天赐良机哪!这回,我要玩得绝一点,要偷就偷管我最严的高老师的钱。第一天,经过缜密侦察,我发现高老师总将她放钱的小包锁在办公桌中间的抽屉里,而钥匙则放在右侧的小橱里。中午,德育处的门总是开着的,因为有时有老师去那儿看报,而高老师则要去幼儿园接她的宝贝儿子。第二天,我在食堂三下两下扒完午饭,就开始行动了。来到行政楼二楼,里面静得出奇。我装模作样地在走廊里走了一圈,我早已想好,若是有老师来看报,我就说找高老师请教作文,我手里还带着本笔记本呢。现在正是吃饭的时候,除了食堂里隐隐约约传来的吃饭、打饭的嘈杂声,这里一点其他动静都没有。我快步走向德育处,来到高老师办公桌前,打开右侧小橱,亮晶晶的钥匙就躺在橱口的一本词典上,我快速拿起钥匙打开抽屉,高老师放钱的小包出现在我眼前。我看见小包一旁有叠漂亮的明信片,"祝高老师教师节快乐""××大学×××学生"等字样映入我的眼帘。我忽然想打消偷钱的念头。可这是千载难逢的好机会呀!放着音乐、闪着红灯的陀螺不时在我眼前闪烁。偷!我下定了决心。我以最快的速度打开钱包,抽了一张50元的钞票,然后迅速将钱包放回原处,锁上抽屉,将钥匙放回词典上。走出行政楼,我没遇上任何老师或同学。一摸额头,湿漉漉的,心狂跳不止。

傍晚放学的时候,高老师来到教室,我怎么也无法鼓起勇气与她对视。我暗骂自己无能,我甚至感到我已没有资格当"老大"了。我排着队走出教室门,刚要和高老师说再见,就见高老师正笑盈盈地望着我:"杨光,等一会儿再走。"我心里一惊:莫非高老师已发现了?不可能!她或许只知道钱被盗,至于谁干的,她不会知道。她肯定想哄我说出真相。哼,我才没那么幼稚。你高老师要没任何证据，想逼供，我就到校长那儿告你。

高老师抚摩着我的脑袋，将我引到熟悉的三角阳台。我和高老师面对面站着。"杨光，"高老师开口了，"我真高兴，自从我教你以后，你进步多了。"我抬头瞅了一眼老师，她的目光是真诚的。顿了一下，她又说："杨光，老师越来越不相信别人对你的评价了，什么'神偷''老大'。升入六年级快一个月了，我就没发现你拿过别人的东西。"什么？拿？不说偷？我又望了一眼高老师，她的目光暖暖的，我的心里好舒服。"我……"我欲言又止。我怎能钻入老师的圈套？"杨光，你虽然成绩不理想，可我觉得你是个挺聪明的孩子。"这话怎么那么熟？噢，当妈妈以成绩的好坏评价我时，在大学教书的舅舅总以我的一些小发明为例夸我是个挺聪明的孩子。高老师也这么说，我心里喜滋滋的。可我转念一想：高老师是在哄我，我不能上她的当。我耸耸肩，将书包背背好，那意思就是说：您高老师没什么大事，就快放我回家去吧，别跟我绕弯子了。高老师拍拍我的肩膀又开口了："学校最近要成立一个科技小组，一个班只有一个名额，11月份将组织参加市里的小发明比赛。老师发现你有这方面的特长，想推荐你参加，相信你一定能取得好成绩的。"什么，一个班一个名额派我去参加？我几乎不相信自己的耳朵。要知道，自从成绩落后以后，除了我那几个"崇拜者"，谁还瞧得起我这号人。一股说不出的感觉涌上心头。我插进口袋的手触到了那张50元的钞票。"我……"我正想把真相都向高老师抖漏出来，高老师打断了我的话："怎么，不自信？""我……我一定出色地完成任务！"我终究没把那事讲出来，从高老师手中接过科技小组学员登记表便匆匆地走了。

经过学校小店，转动的陀螺发出的《祝你生日快乐》的美妙乐曲声又一次在耳边响起，但我根本没心思去买，我感到那声音好刺耳。回到家，我将50元钞票夹在了我最心爱的图书《发明家的故事》里。

在忙碌的参赛准备中，一个多月很快过去了，小发明比赛圆满结束。我发明的"分类垃圾桶"获全市一等奖。星期天一大早，我拿着夹了50元钞票和一封信的获奖证书向高老师家匆匆走去……

没妈的孩子

寒假后开学第一天，五（4）班班主任艾老师领着一位新同学走进教室。同学们一见那位新同学，就情不自禁地议论起来："看头发像喜鹊窝。""他的衣服是不是从垃圾箱里捡来的？""那华润超市的马甲袋就是书包吧。""你看他的脖子，洗下来的污垢可以使一片地变肥沃呢。""我看眉毛倒蛮浓的。""是啊，眼睛还挺亮的。"议论间，艾老师已领着那新同学走到了讲台边。同学们渐渐安静下来。艾老师开口了："这学期，我们又高兴地迎来了一位新同学。下面，我们请这位新同学做个自我介绍。掌声鼓励一下。"热烈的掌声中，同学们看到那新同学一点都没拘束的样子，亮亮的眼睛望着大家，他很简短地做了自我介绍："俺叫王杀。大王的王，杀猪的杀。""他是山东人。""怎么有那样的名字，怪吓人的。"艾老师扫视了一下全班，大伙儿又都静下来了。艾老师深情地说道："王杀同学在老家时各方面基础都较差，我们一定要好好帮助他。"接着安排座位。中队长方丹有一种预感，王杀将成为她的同桌。因为她原来的同桌本学期正好转到城里去念书了。可方丹是多么不愿意啊！方丹不仅学习成绩好，人也长得水灵灵的。方丹爸爸经营着一个规模不算小的冲压件厂，她的家庭条件在村上也是数一数二的。果然，艾老师领着王杀来到了方丹的座位旁，艾老师用信任的目光望着方丹说："老师想让王杀和你同桌。你是我们的中队长，我相信你一定会帮助王杀很快提高的。"王杀在方丹的边上坐下来，马上有一股怪味钻进方丹的鼻子，是洋葱味？是汗臭味？是好久没洗澡的味儿？方丹辨不出来。反正，这味儿使她早上吃的东西不自觉地往上冒。方丹望了一眼王杀，只见王杀似乎没刚才那么大方了，他的身子悄悄地离方丹远了点儿。王杀刚与方丹眼神接触，立即自卑地合上了眼帘。这使方丹又有了另一种想法：王杀有点可怜！

　　方丹真的不想和王杀同桌。那怪味是原因之一，更重要的是接下来的一个星期中，每堂课，王杀最多只有五分钟安静的时间。接下来，不是在桌子下摆弄百玩不厌的几样破玩意儿——可能是从垃圾堆中捡来的，就是时不时将脚从鞋中"解放"出来，有时趁老师不注意，还要将被"解放"的脚搁到凳子上搓一番。这时弥漫在方丹周围的臭味，简直让她窒息。星期天吃过晚饭，方丹终于将这事告诉了妈妈。方丹妈妈和艾老师是初中同学。方丹相信，由妈妈出面，她想调换座位的愿望一定会实现。那晚，妈妈拨通了艾老师的电话，方丹在一边静静地听。妈妈开始的语气十分坚决，渐渐地，方丹发现妈妈的语气缓和了，最后，就只看见妈妈点头，只听见妈妈一个劲地答应着对方的"啊啊"声。方丹有些搞不懂，妈妈平时办事可一向是雷厉风行、不达目的不罢休的，今天怎么啦，连调个座位的事也办不成？挂了电话，方丹看到妈妈的眼睛似乎有些湿润。妈妈拉住方丹的手说道："丹丹，王杀是个可怜的孩子，他从小就没有妈妈，太需要别人的帮助了。你从一年级到现在都是中队长，你更应该帮助王杀。你中队长都嫌弃王杀，那谁还愿和王杀同桌呢？"方丹觉得妈妈像老师，说起道理总一套一套的，今天的一番话虽然也是大道理一套，但当她听说王杀从小没有妈妈时，她幼小的心也"咯噔"了一下。方丹觉得自己最大的特点，就是特别容易同情别人，而且有时还会因此流泪。看《三毛流浪记》，她会流泪；听《世上只有妈妈好》，她也会流泪。听说王杀从小就没有妈妈，方丹一下子打消了调换座位的念头。方丹回到小房间，柔和的台灯光使小房间十分温馨，书桌上，顽皮的绒布狗熊瞪着眼看着方丹，绒布狗熊上方贴满了自一年级以来的"三好生"的奖状，写字台一旁，是过年时爸爸为她新添置的"联想"电脑。本来，这会儿她可以上一会儿网。可现在，她呆呆坐在那儿，她觉得脑海中挺乱，理不出头绪来。烦恼莫名其妙地萦绕在方丹的心头。她忽然想到了10岁生日时，好朋友送她的音乐盒，每当她烦恼时，都能解闷。她打开音乐盒，漂亮的女娃娃旋转起来，而抒情的《世上只有妈妈好》的音乐也同时响起。听着听着，王杀蓬头垢面的样子浮现在方丹眼前，方丹的眼眶忍不住热了。她马上将音乐盒合上。静默中，"献爱心"三字蹦进了方丹的脑中。方丹豁然开朗，两页半为王杀献爱心的活动计划很快写完了。

星期一早晨，方丹兴冲冲赶到学校，只见"洋喇叭"李冬冬座位旁围了一大堆同学。原来李冬冬正向同学们介绍着王杀的家庭情况："听说王杀的妈妈生下王杀就离家出走了，他爸爸是个玩坏，专门去美容院的……""不许胡说！"方丹立刻制止了李冬冬。"谁胡说啦。王杀家租的是我家邻居的房子，我们村上人都这么说的。""即使这样，也不能在班中宣传。"方丹有些愤怒了。"哟，坐了一个多星期就好上啦。"有谁在传风言风语。方丹被气得没话可说，红着脸来到了座位上。"听说王杀的妈妈跟着一个大老板跑的。""王杀的父母都那样，不知王杀怎样。我们可要保护好班中的女生。"李冬冬他们的话越说越难听。方丹正想再次劝阻，忽然听到了桌子翻倒的巨大声音，回头一看，王杀不知什么时候已进了教室，正和李冬冬扭打在一起，王杀像一头被激怒的狮子，挥舞着拳头直往李冬冬脸上打去。刚才议论的那些同学现在都成了缩头乌龟，围在一旁看"好戏"。方丹立即跑过去，一把将王杀拉住。说也奇怪，被方丹一拉，王杀马上就不出手了。李冬冬被王杀打肿了鼻子，双手捂着，鲜血从指缝中溢出来。他或许被王杀的"杀气"镇住了，方丹拉着王杀，李冬冬也不敢再还击了。可能是哪位同学去报告，艾老师也赶到了教室，李冬冬、王杀和方丹一起被老师叫到办公室去了。

很快到了晨会课，一向倔强的李冬冬竟低头向王杀道了歉，可王杀却一脸不在乎的样子。接着，方丹向大家宣读了为王杀献爱心的活动计划，举手表决时，刷地举起了一大片。看着同学们举起的如小树林一样的手和大家真诚的目光，王杀不在乎的样子稍稍有了一些变化，不过，这表现很难让人觉察，因为他只是将眼帘微微合了一下，而细心的方丹发现了。

星期三下午的班队课很不寻常，黑板上写着几个大字：王杀，我们爱你！每位同学的桌上都放了一些东西，有玩具，有衣服，有图书……艾老师走进了教室，她手里拎了一只崭新的书包。艾老师刚在讲台旁站定，就微笑着说："今天老师真高兴，也感到幸福，因为我一走进教室，就被同学们几十颗爱心包围了。"艾老师走到王杀身边，亲切地说："王杀同学，让你的马甲袋光荣退休吧，老师送你一只新书包，也表达一下自己的心意。"王杀站起身，惊讶了好半天，才从艾老师手中接过那只漂亮的书包，他的嘴嗫动着，但最终没讲出一句话。接着，方丹主持活动，在《爱的奉献》的音乐声中，一件件代表着爱心的礼物送到了王杀手中，一句句真诚的祝福传进了王杀的心里。大家第一次看到，王杀的眼里有了晶莹的泪花。

王杀毕竟基础差，有次方丹指导他写周记，"铅笔盒"三字只会写一个字——笔；更让同学们惊讶的是，他竟在英语课上拿李冬冬送给他的复读机听歌曲，而且听的都是他爸爸买的磁带，什么"爱"啊，"情"啊。于是，方丹决定加紧实施第二步计划——补课。

　　补课小组由方丹和另外两位班干部组成。星期六上午，方丹他们第一次去王杀家为他补课。走过一条弯弯曲曲的小路，拐了好几个弯，才到了王杀家门口。眼前的两间平房破旧不堪，和周围漂亮的别墅式的民居形成了强烈对比。王杀站在门口有些不好意思。方丹他们走进屋，一股霉味扑鼻而来，角落里，一堆没洗过的衣服，又脏又破；也分不清客堂和房间。他们三人在一张破桌旁坐下，开始为王杀补课。王杀是个聪明的"学生"，补习过程很顺利，这使方丹他们感到高兴。补课一结束，方丹提议，一起帮忙打扫屋子。四个小伙伴有说有笑，不一会儿，衣服洗好了，屋子也整洁了。方丹回到家里，怀疑有跳蚤跳进了脖子。因此，她马上洗澡，还涂了三遍沐浴露。可当眼前浮现出王杀的笑容的时候，她觉得累点、脏点都值得。

　　王杀渐渐变了，臭脚丫不再从鞋中"逃"出来了，上课也能克制自己、认真听讲了，他的考试成绩由原来的一位数变成了两位数。更让大家感到意外的是，王杀学会关心集体了。五月份，学校防"非典"，要求各班学生每天洗手两次。很快，端水的任务由王杀一个人主动包了。

　　那天的作文课，五（4）班的每一个同学都很难忘。艾老师让同学们以"假如……"为题先进行即兴演讲，然后再写一篇活动作文。"洋喇叭"李冬冬第一个上台演讲，他的话题让大家吓了一大跳——"假如王杀有了妈妈"。方丹可急坏了，生怕王杀又会暴怒起来。艾老师嘴动了一下，也想让李冬冬改个话题，可终于没说。说也奇怪，李冬冬讲着讲着，眼睛竟渐渐红起来了，一滴泪珠紧接着落下来。王杀不但没有愤怒，不一会儿，泪水也溢出了眼眶。艾老师的眼圈也红了，全班好多同学的眼里都闪着泪花。演讲结束后，同学们开始写作文。方丹听到王杀一边写一边还抽泣着，她看了一眼王杀的作文题——"没妈的孩子也是宝"。

丑 石

　　这是我们毕业班同学最后一次参加文学社的活动。我校采香泾文学社的顾老师决定为我们毕业班学员举办一次欢送会。我刚走进教学楼门厅，就遇到了和蔼的顾老师，他神秘地告诉我："今天有你的喜事。"我丈二和尚摸不着头脑，我会有什么喜事？莫非——不可能！我的文章不可能发表。在采香泾文学社，我的"社龄"绝对算老大，二年级升三年级的那个暑假，文学社招收学员，凭着我爸爸是镇里的"土记者"的面子，文学社破例招收了我这个"娃娃学员"，因为文学社规定，只有四年级以上有较高作文水平的同学才有资格参加。屈指算来，我在文学社已整整四年啦！四年中，文学社的学员几乎都有作品变成铅字，唯有我屡战屡败。哎，别提了。至于有什么喜事，待会儿再说。

　　学员们都来齐了。不一会儿，顾老师满面春风地走进教室，手里捧了一大沓报纸——是我们熟悉的《吴中少年文学报》，报纸上堆了十来本笔记本，或许这是顾老师送给我们毕业班学员的礼物，最显眼的是笔记本上面还搁了一本手工装订的东西，那会是什么呢？顾老师刚在讲台前站定，就高兴地向大家宣布："同学们，我先要告诉大家一个喜讯，我们文学社又有一位学员的作品在《吴中少年文学报》上发表了。你们猜，作者会是谁？"叽叽喳喳中，我听到许多同学点到了社长的大名，有的也点了常有作品发表、被同学们尊为"小李清照"

的梅燕。老师提高了嗓门告诉大家："是'杨志卖刀'李园。"是我？假如我能看到自己的脸，我也会像其他同学一样用惊讶的目光盯着看许久的。

噢，你会问我的称呼怎么这么奇怪——"杨志卖刀"李园，这里还有个小小的故事呢。

我参加文学社的第一次活动是去家乡名胜天平山游玩。那时正值暑假，因为天气炎热，我们没去爬山。顾老师将我们领到阴凉的古树林里，让大家围成一圈讲故事。我看到比我高出一头的大哥哥大姐姐们都羞羞答答的样子，便把手举得高高的。顾老师用鼓励的目光把我送进大哥哥大姐姐们围成的表演场地。我那时是初生牛犊不畏虎，再加上爸爸从小让我读少儿版四大名著，我对《水浒传》中的《杨志卖刀》尤其感兴趣；况且过年时，爸爸常"现宝"似的让我把这段故事讲给来我家的客人听，所以我对这段内容简直烂熟于胸。当绘声绘色地将故事讲完，我得到了长时间的热烈掌声。我记得当时顾老师特地走进我们围成的圈子中，花了好长一段时间对我进行表扬，还号召比我大了许多的其他学员向我学习，并夸我一定会成为文学社中出色的学员。那时我自豪甜蜜的感受，现在想来还历历在目。从此以后，我就有了"杨志卖刀"李园的美称。我也颇以此为豪：第一次亮相，就给大家留下了如此美好的印象。

"李园终于在毕业前发表了作品，这也是他在文学社学习的最大愿望。我们以热烈的掌声向他表示祝贺。"顾老师热情洋溢的讲话将我拉回了教室。学员们雷鸣般的掌声和祝贺的目光使我的眼眶一阵阵发热。是啊，四年了，顾老师一次次为我修改，为我投稿；我也一次次满怀希望地期盼，但一次次看着自己的习作石沉大海。爸爸常让我反思："为什么文学社其他学员都成功了，只有你不成功呢？"以前，我总不以为意，直到小学快毕业了，我才在爸爸的反复唠叨中渐渐学会了思考。每当想起这事，四年来在文学社学习的情景就会如电影一般一幕幕在我眼前闪现。

自从有了"杨志卖刀"李园的美誉，我总是沾沾自喜。写作文，总是草草完成。但即使这样，顾老师也总会发现我作文中的闪光点，这使我更加得意。有一次文学社布置作文，要求写一位令人敬佩的老师，我写了班主任徐老师。那时流行玩各种卡片，我正收集《三国演义》中人物的卡片，我便一边写作文还一边玩着卡。我马马虎虎将作文写完了，也不知写了些什么。嘿，就因为我受卡片上"孔明三气周公瑾"的启发，将作文题定为"徐老师三气王校长"，我被顾老师着实表扬了一番。不过，顾老师不断的表扬在我身上也起了作用，使我见作文从不惧怕；也知道了自己写作文的长处，那就是作文总能出新。顾老师看重我的也正是这一点，他总是以我为例，教育文学社的学员写作文要学会创新，说创新是作文的生命。可我只是似懂非懂，老是得意于能创新，因而总是改不了贪玩、懒惰的毛病。为此，我还使顾老师受到了学校领导的批评。

那次，市里要开展一次小学生现场创新作文大赛，每个中心校派一名选手参加，我校派谁去呢？顾老师和学校领导有了分歧。学校领导认为应该让平时认真、踏实的学生参加，而顾老师坚决主张由我参加。因为顾老师教作文在市里也小有名气，领导只好尊重顾老师的意见。比赛那天，顾老师陪同我来到市实验小学参加比赛，大赛组委会规定辅导老师不能进入比赛场地。入场前，顾老师反复关照我一定要认真，说在创新方面我没有问题，但坚决不能因贪玩和懒惰而栽跟头。走进比赛场地，先自由参加活动。只见操场上安排了各类活动，有有趣的科学实验，有模拟商场，还有各类文体活动。哎呀，这真是太合我的口味了，我尽情地玩了起来……呀，挂着胸卡的比赛选手怎么都不见了？糟了，我玩得连作文比赛都忘了。我赶紧跑进指定教室，看到其他选手已写了一页多了。可我并不慌张，立即奋笔疾书。题目，挺新鲜；开头，也得意；活动经过，写得顺手极了。一会儿，我手酸了，脖子也疼了。偷偷看看周围的选手，写得和我差不多篇幅。于是，我草草地结尾了事。几天后，比赛成绩揭晓，我名落孙山。顾老师也去参加了评比，遗憾地告诉我：失败的主要原因是文章虎头蛇尾。我的失败，使顾老师也受到了牵连。

"哗啦哗啦……"《吴中少年文学报》发下来了。坐在我前面的"小李清照"梅燕将报纸传到我桌上。说起梅燕，还有一段小插曲呢。

梅燕和我家住在同一新村，我们从小一起上学、回家。读六年级后，我渐渐觉得和女生一起走有些别扭。同学们也常开我和梅燕的玩笑。所以，好长一段时间，我都故意装作有事，让她先走，尽量避免和她一起走。梅燕却总不知趣，时时找我一起上学或等我一起回家。那个阶段，歌星周杰伦成了班上同学的偶像，我也挺崇拜他，一个劲地跟着"点歌台"学唱那首节奏明快的《双截棍》。有一次，我在班队课上表演了《双截棍》，同学们都说我唱得就像磁带原版。那天放晚学时，梅燕又和我一起走，分开时她特地塞给我一个小纸条。受电视的影响，我当时真是恐慌极了。那小纸条是我直到父母都睡了以后才打开看的。只见那上面写着："小园，看了你的表演，我觉得你不仅歌唱得像周杰伦，人长得也像周杰伦那样酷。"看完纸条，我吓出了一身汗，还悄悄起床看看父母是否在我房门口监视。我一照镜子，镜中的我——脸瘦瘦长长，下巴有点尖。嘿，我还真有点像周杰伦呢。说也奇怪，我从此觉得梅燕也变漂亮了。细心的顾老师发现了我和梅燕的秘密，经过好长一段时间与我交流、谈心，我才又集中精力学习，集中精力写作。

我拿起报纸,打开一看,头版显著位置赫然写着:丑石,李园。发表的是《丑石》!写作该文时的情景瞬间浮现在眼前。

还是前不久的事,爸爸出差回来,给我带回一颗卵石,只见光光的卵石一面刻着"丑石"两字,而另一面却刻着"美石"两字。爸爸将石头送给我时意味深长地说道:"小园,为什么这颗卵石会有两个名呢?你好好地思考思考。"走进小房间,我呆呆地望着这块石头出神:爸爸为什么送给我这么一块石头呢?恍惚间我的眼前有了石头的两种样子:棱角突出,真丑;丑石被溪流冲刷了千百年,变得光滑圆润,真美。由眼前的卵石,我情不自禁地想到了我在文学社的一连串经历。一时间忽然觉得来了写作灵感,提起笔,以"丑石"为题,一口气写就了一篇好长的作文。收笔时,我感到了从没有过的快乐。

欢送会结束,我除了和其他毕业班学员一样拿到了一本精美的笔记本,还拿到了那本使我疑惑了好久的手工装订的东西——我四年来投出的稿子的复印件。顾老师将它们装订成册,并在封面题词:丑石——"杨志卖刀"李园作文集。

扉页上,顾老师还送给我泰戈尔的一段话:"不是锤的打击,乃是水的载歌载舞,使鹅卵石臻于完美。"

第一粒扣子

一

"怎么闹铃还没响？"志坚嘀咕着。耳边是妻子美珍轻微的鼾声，志坚定神听了一下外面，那只一直第一个歌唱的不知名的鸟儿还没有出声，看来时间真的还早。志坚还想再眯一会儿，但想到今天胥山街道将举行隆重的表彰活动，睡意全消，索性翻身起床了。"起那么早干吗呀……"美珍呢喃一句，又进入了梦乡。

志坚洗漱完毕，来到了宽敞的阳台，打开封闭阳台的几扇窗，觉得深秋的空气真好，他深呼吸几次，顿觉神清气爽。隐隐约约能看到远方的太湖，太湖大桥格外清晰，桥柱上的景观灯还没有关闭，刚刚修建完毕的新桥和二十来年前修建的老桥，如两条七彩的巨龙横卧在太湖上。将眼光收回一些，是这几年街道新建的三家四星级大酒店：黄金水岸、水云天、万腾。流线型的景观灯将三家大酒店装扮得如三位身段娇美的太湖美姑娘。眼前是现代化的安置小区采香花园，一期的高层、二期的小高层，如雨后春笋般矗立在眼前。小区内的景观灯蜿蜒盘旋，密密匝匝的绿化带被景观灯映衬得分外妖娆。

志坚正因黎明前的家乡美景而陶醉，熟悉的旋律响起，是手机闹铃声。志坚没有习惯性地关闭闹铃，而是跟着旋律轻轻地歌唱起来：

我和我的祖国，一刻也不能分割。

无论我走到哪里，都流出一首赞歌。

我歌唱每一座高山，我歌唱每一条河。

袅袅炊烟，小小村落，路上一道辙。

我最亲爱的祖国，我永远紧贴着你的心窝。

……

不知不觉中，一种美好的情感从志坚的心中升腾起来。有人和着他的歌声，原来美珍也起床了。其实，美珍今天也和志坚一样兴奋、激动，也是因为要参加今天的表彰活动。胥山街道将表彰首批"德善家庭"，志坚家理所当然光荣上榜。在街道邀请下，除了在外地读大学的儿子不能参加，志坚家全员参与。志坚将用他刚买的汽车接奶奶和父母前往街道的大礼堂参加表彰活动。

志坚和美珍两人穿上了新年时添置的崭新服装，如家中办喜事一般，驱车前往住在同一小区的奶奶和父母那里。进屋，饺子和米粥的香味扑鼻而来。原来志坚的父母也早早起床了，已经将一大家子的早饭做好，正等着志坚夫妻俩一起用餐。

奶奶已经92岁高龄，动作稍微慢些，还在房里没有出来。志坚和美珍一起敲门进入，"奶奶！"两人异口同声。"哎，你们来啦。"奶奶依然声音响亮。奶奶正坐在梳妆台前梳头，美珍马上走上前去，为奶奶梳头。"美珍这孩子真好，奶奶最喜欢美珍给我梳头，舒服哪……"奶奶很幸福的样子。志坚看着镜中的奶奶，虽然脸上布满皱纹，头发已经全白，但双眼是清澈的、明亮的。梳妆台上方，是已经故去的爷爷宝根的照片框，看着爷爷和善的眼神，志坚情不自禁地想起了儿时和爷爷在田间嬉戏的美好时光。有时听爷爷讲他自己的故事；有时跟着爷爷背《三字经》《弟子规》，然后在同村伙伴面前"炫耀"，做小老师，教伙伴们一起背诵。照片框边上，还有一个框，里面夹着一幅已经发黄的字，上书"积善积德"四字。爷爷曾经告诉志坚：这是他们祖籍所在地——江阴石桥村一位曾经开办私塾的老先生所写的。据说是写给志坚爷爷的爸爸的，后来又是作为志坚妈妈的嫁妆嫁到自己家的。志坚开始一直很纳闷：怎么爷爷家的字幅会到外婆家作为妈妈的嫁妆"嫁"到他们家呢？到后来才知道了答案。

早餐很丰盛，有饺子，有枣子银耳，有无锡小笼包，有水煮鸡蛋，还有用五常米煮的白粥。奶奶还是保留着她的老传统，早上喜欢喝粥，其实锅里的粥就是特地给奶奶准备的。志坚妈妈早已经为奶奶盛好了粥凉着，还为奶奶准备了她最喜欢的用直酱萝卜。听到奶奶"呼噜噜"喝粥的声音，志坚、美珍才和父母一起开心地用餐。这是志坚家中祖传的习惯，长辈不动筷，除了有要事，小辈都不会抢在长辈之前先动筷的。

用完早餐，时间还早。一家子商量着给奶奶和妈妈穿什么衣服。志坚妈妈惠娣当然先想着给奶奶做参谋，美珍帮着出主意。最后决定穿得年轻一些，是一件以大红为底色、以牡丹为图案的锦缎外套。志坚妈妈则向奶奶学习，也穿了一件色彩和花纹都夺人眼球的锦缎上衣。"妈，你们祖孙三代站在一起，都分不出辈分来了。"志坚爸爸建国幽默地说道。"这孩子，总是说瞎话。"奶奶嗔怒道。志坚妈妈顺水推舟："就是就是，老不正经，个十三点。"转而对志坚奶奶笑道："不过，妈妈您确实不显老。""哈哈……"一家子嘻嘻哈哈哈上车前往街道礼堂。

奶奶坐在儿媳妇和孙媳妇中间，看着眼前的一景一物，唠唠叨叨起来。七十来年前的故事一个个浮上心头……

二

江阴石桥村的一座小石桥边，有一爿酱油店，自产自销，已经经营了好几代了。1948年春节，年轻的宝根成家了。宝根母亲因为不从日本人，在宝根10多岁的时候就被日本人残酷杀害了。宝根父亲又做爹又做娘，虽然只有宝根一个孩子，但还是因为经营酱油店而积劳成疾，在宝根成家后的那年也永远离宝根他们而去。酱油店自然落到了宝根手里，宝根从小跟着爹学做酱油，酿出的酱油深受石桥村村民的喜爱。宝根不但酿酱油的手艺好，而且勤劳善良。村上人因为穷苦想讨要一点酱油，宝根一直相当慷慨。这也是因为宝根祖辈都是善良之人，宝根受家风潜移默化。

1949年10月1日，新中国成立了，石桥村村民和全国人民一样欢欣鼓舞。就在新中国成立不久，宝根他们家有了自己的宝宝。在给孩子取名的时候，宝根和他年轻的妻子不约而同想到了"建国"这个名字，以庆祝新中国的成立。但是，新中国毕竟新成立，百姓的生活还不富裕，甚至还相当穷苦，石桥村就是这样。江阴一带的手艺人听说苏州这个地方相对富裕，都往那里寻求美好生活。

那天晚上，宝根和妻子经营完一天的生意，年幼的建国已经进入了梦乡。看着孩子黄黄瘦瘦的样子，夫妻两人都有点心酸。"要不，咱们也往苏州去吧，可能那里的生意会好些，孩子能够健康地成长，将来的出路也会好些。"宝根望着妻子说道。妻子思忖良久，抬头对宝根说："咱家祖辈在石桥村，村民们都喜欢吃咱家的酱油，而且村上就我们一家酱油店，我们走了，村民吃酱油就得赶到邻村去买了，多不方便啊。"宝根望着妻子不言语，抬头看见了挂在墙上的字幅——积善积德。他想起了书写这幅字的、和他父亲同辈的那位私塾老先生。新中国成立后，老先生不顾年老体迈，听从村领导的安排，在村西的小庙里和同村另一位读书人办起了一所学校。宝根觉得妻子的话也有道理，因此暂时打消了这个念头。

村民的生活条件仍然没有多大改善，酱油店的生意甚至有些冷清。那天，宝根正坐在酱油店发呆，那位私塾老先生来到了他的店里，与他闲聊起来。宝根把之前跟妻子商量的去苏州经营酱油店的想法告诉先生，先生笑道："宝根，我正是为这事而来。听说从我们江阴去苏州营生的手艺人都有所发展，你们家的酱油在石桥村又那么有名，味道纯正，况且苏州比江阴有更广阔的市场，我想你也不妨去试试。"

"可是……先生，村上人都喜欢咱家的酱油，我出去是不义的，先生不是为我家题写过'积善积德'吗？我要谨记先生的教诲。"

"傻孩子，到苏州发展，先顾好自己家庭，以后做得好了再反哺老家，那不是能更好地积善积德吗？"

"那倒也是，那就听先生的。"

那天的天气有些阴沉，晌午，宝根和私塾先生及邻居几位长辈吃过午饭，挑起一副担子准备前往苏州。在桥头，私塾先生和邻居的长辈反复关照着宝根："常回来看看。""手艺人不要忘记自己的手艺。""在外更加要做个好人。"……

宝根和妻子的眼里都噙着泪花，三虚岁的建国似乎已经很懂道理，瞪着大大的眼睛看看父母，再望望已经很熟悉的乡邻。当宝根和大家不断说"再见"的时候，建国也不停地挥动着他的小手。邻居张大妈终于忍不住哭出声来。宝根挑起担子，和妻子、孩子一起大步流星地赶往苏州去了。

苏州盘门城墙下从此多了一个酱油铺。没过多久，宝根的酱油就赢得了周边人们的喜爱。但是，在那里经营，一般都是郊区的人们前来打酱油，城里人因为有酱油厂，都去厂里打酱油。宝根四处打听着，如果去苏州郊外，更能把生意做好。从江阴出来的一个鞋匠告诉宝根：苏州城西三十公里之外有个地方叫胥山，人们的生活条件比较好，那里被称作"小苏州"，可以去那里试试。

一个阳光明媚的早晨，宝根挑起酱油担，带着妻儿疾步前往"小苏州"。

胥山果然是一个好地方。单看那里的民居,粉墙黛瓦,飞檐翘角,很是精致。据说那里曾经出过一个古今有名的手艺人蒯祥,还有一帮手艺超群的香山匠人。

宝根一家来到了一个名为采香桥的自然村落,在一处屋外有片竹林的人家门前歇脚,顺便叫卖还没有卖完的酱油。屋里出来一个40开外的大姐,手里拎了一个玻璃瓶子。宝根看那大姐,眉清目秀,慈悲善良,给人亲切之感。那位大姐闻了一下宝根的酱油,一个劲地说道:"香的,香的,好酱油。"宝根热情招呼着:"大姐,买酱油吗?"大姐连连点头:"嗯嗯,给我打满这个瓶子。"宝根熟练地将酱油灌满瓶子。当大姐要给钱的时候,宝根连连说道:"大姐,第一回,送您吧。"

"这怎么好意思呢?要给的,要给的。"

"大姐,真不要了。如果您能帮我一个忙,我天天给您送酱油。"

"小伙子需要帮什么忙?你说说看。"

"大姐,我是从江阴来的,先是在苏州盘门做酱油生意,听说这里是'小苏州',就往这里来了。大姐可否指点一下,我在哪里可以歇脚住下。"

"哈哈,你找对人了,我家西面有空着的房子,如果不嫌弃,你们一家可以住在那里。"

宝根顺着大姐手指的方向,果然看到了一个厢房。

从此,竹园里就一直有酱油的香味飘出。建国和那位大姐的小女儿惠娣同龄,一直玩在一起,逐渐长大,开始在一个班读书。

三

建国总记得这样的镜头:爸爸宝根隔一段时间就会让妈

妈给东家阿姨送去酱油，他就会看到熟悉而温馨的镜头——妈妈和阿姨将几张纸币推来推去，最终阿姨总是没法把纸币塞到妈妈手中。而东家阿姨也会隔三岔五地把他们自己做的麦糕、茧团等点心送到建国家，这时候，建国就能吃到他百吃不厌的点心。当建国品尝喷香的点心的时候，他一直以为东家阿姨的三个孩子一定有比他更多的好吃的点心。

直到他见到了那番情景才明白了真相，并且终生难忘。

那时，建国家的日子一天不如一天，因为酿造酱油的原料大豆地里种不出来，他们家已经停止酿造酱油，更别说做酱油生意。建国爸爸宝根和后来来苏州的江阴老乡一起开始种胥山的客田。但是因为自然灾害，收成实在太少。建国家的粮食严重紧缺，开始还能用南瓜、山芋充饥，后来连这些建国不太喜欢的食物也没有了，稀饭里夹杂着可以食用的树叶和野菜。建国经常因为食物而和爸爸妈妈闹别扭，但是换来的不是爸爸的训斥就是巴掌。

但建国也有开心的时候。东家阿姨的丈夫是苏州工人，他的粮食由国家配给，东家阿姨会时不时地送来一碗米饭或者稀粥，建国这时候就能吃到香喷喷的白米饭或稀粥了。更让建国开心的是，虽然建国爸爸因为不做酱油而不再有酱油送给东家阿姨，甚至连本来"意思一下"的房租也交不出来，但是，那善良的东家阿姨还是会时不时给建国送来他喜欢的麦糕和茧团。尽管送的次数跟原来相比是少了很多很多，而且相隔的时间越来越长。

那天傍晚，建国和惠娣一起放学回家，正好阿姨送点心来，可只送来了一块麦糕和一个茧团，而且特别小。但是，建国全家还是很开心、很感激。爸爸妈妈疼爱建国，让建国一个人享用。10多岁的建国已经懂事了，一定要和爸爸妈妈分享。建国吃完点心，就到东家阿姨家找两个哥哥和惠娣玩。他刚走进东家阿姨家门，发现气氛和往日有点不同，看看两位哥哥，眼睛都红红的，好像刚刚哭过。东家阿姨一脸怒气，惠娣则是一副尴尬的样子。东家阿姨见建国来了，马上有了善良的笑意，跟惠娣说道："你和建国出去玩吧，我来和哥哥们聊聊。"后来，建国从惠娣那里了解到，那次东家阿姨只做了很少的点心，因为家里的麦粉已经不多了。而东家阿姨怀菩萨心肠，不仅给建国家送，邻居几家有小孩的她也都送了一些。后来发现留着的已经不够给自家三个孩子每人一份——一块麦糕和一个茧团，就决定给惠娣一份，两个哥哥只能每人一个茧团……建国听了惠娣的介绍，感动极了。

建国和惠娣一直同班读书到在自己公社的学校高中毕业。建国家已经不再租住惠娣家的房子，建国的爸爸妈妈都勤劳肯干，而且勤俭持家，不仅与惠娣家关系亲如一家，还与同村的每个人都很友好。在大家的帮助下，他们终于在村口的空地上建起了自己的房子，尽管是土坯房，但他们终于在苏州的乡下有了自己的房子。虽然已经不住在一起，但建国和惠娣青梅竹马，两家长辈也很投缘，20世纪70年代初期，两人很自然地走到了一起。

和当时几乎所有的青年一样，他们的婚礼非常简单，甚至几乎称不上婚礼。但是，结婚那天的两样东西令所有来庆贺的亲戚和村上的乡邻难忘。中午，建国家去惠娣家娶亲，当建国他们来到惠娣家时，那个曾经的东家阿姨——现在的丈母和一直在苏州工作的丈人微笑着坐在客堂，中间陈旧的八仙桌上放了一床被子和一个脸盆、一个脚盆等最简单的几样嫁妆。显眼的是八仙桌上摊开的一幅书法作品，上面赫然写着：积善积德。此外，八仙桌前还有一副刺绣木架子。

当建国领着新娘子将要走出家门的时候，丈母和丈人来到两个年轻人身边，他们用不舍的眼神看看女儿，又用期待的眼神看看女婿。

"女儿啊，到了婆家要好好为他们做人家的呀！"惠娣妈妈拉着惠娣的手说道，"这副刺绣木架子是当初我的嫁妆，你可要像妈妈一样用好。"

"妈妈，知道了，您放心吧……"惠娣低着头，留恋之情油然而生，眼圈有点红了。

"建国，可能你看到'积善积德'这幅字有点吃惊吧，这是你爸爸送给我的，原因是那段时间他一直为交不出房租而内疚。本来我是不想要的，但看到上面的内容，想到你们家的家风才收下来的。现在，终于又可以物归原主了，我不知道这幅书法作品是不是贵重，但我坚信这四个字对于一个家庭是最有价值的，你和惠娣一定要好好继承。"身为苏州工人的丈人果然不一样。

四

2007年5月8日，对于建国家来说是一个喜庆的日子。转制后的特种板材厂经过六七年的努力，终于呈现出崭新的面貌，新建的厂房和办公楼正式启用，厂名正式改为"德采企业"。启用仪式非常隆重，区镇两级领导、周边企业老总共100多人前来祝贺。热闹的仪式结束后，建国来到儿子志坚的办公室，见儿子盯着电脑正在忙碌。

"志坚，休息一会儿吧，近些日子太忙，我们爷俩好久没好好说话了，来，一起聊聊。"建国在儿子办公桌对面的沙发上坐下来。看看儿子身后的一排橱里，除了各种各样的图书，还有学校、养老院等单位赠送的奖牌："爱心企业""爱心大使"……建国心中一阵温暖。

"爸爸，您怎么不歇会儿？我正好接到一个大单子，发完邮件就来。"志坚满脸的兴奋。

办公室小张见老董事长来到小董事长办公室，跟着进来了，准备给老董事长泡茶。

"小张，你忙你的去，我爸爸到我办公室，你不用过来招待，这是我们在老厂区就定下的规矩。"志坚抬起头对小张说道。小张微笑着退出去了，轻轻把办公室的门关上。

志坚很快回复好邮件，给爸爸泡了他最爱的碧螺春，在爸爸身边坐下来。两人促膝交谈起来。

"志坚，爸爸快60岁了，这个'德采企业'的担子该由你来挑了。"建国用期待的眼神望着儿子。

志坚抬头看看爸爸，一时不知道怎么回答。他感觉自己从来没有这样认真地看过爸爸，爸爸的眼里是自信、坚毅的光芒。但他发现爸爸正在渐渐变老，两鬓的白发多了，眼角的皱纹深了。爸爸作为这个企业的创办者，从乡办企业到转制，他花了多少心思；再想想自己的成长经历，特别是走过的那段小小弯路，爸爸妈妈在他身上花了很多心血。

志坚清楚地记得，20世纪80年代这个板材厂初办的时候，他几乎整天看不见爸爸的身影。有时妈妈也责备爸爸，为了板材厂，家也不要了。那几天，志坚爷爷宝根的身体状况愈来愈差，而为了学习特种板材的技术，建国要去东北出差半个月。志坚奶奶和妈妈多次劝阻，但他没有听她们的，而是来到宝根面前进行解释。宝根很艰难地对建国说："我知道你不容易，厂里的事情重要，你去好了，我没事。"建国无语，只觉得眼眶发热。宝根气喘了一会儿继续说道："就是我走了，也不会怪你，因为你为乡里做事，为大家做事，这是做善事，做积德的事。"宝根把眼光转了一下，建国跟着转过眼去，看到了墙上的那幅字：积善积德。就在建国出差的半个月中，宝根去世了。建国因此一直感到对不起自己的父亲，没有送父亲最后一程，没有看到父亲最后一眼。

男孩子缺失了父亲的管教，总会走一些歪路。志坚想到自己刚上初中时的那段经历，就感到惭愧，感到对不起父母和这个家庭。应该是厂里技术攻坚的那段日子，志坚小学毕业升初中。在中学里，他认识了从其他学校转来的同学石泉，因为性格相投，两人很快成了铁哥们。石泉很大方，经常请客，一包盐水花生、一根赤豆棒冰，那是常事。星期天，石泉还会邀请志坚去看电影。那时，镇上忽然多了一个新去处——录像厅。石泉邀请志坚去了一趟录像厅。志坚刚走进去就觉得，那不是初中生该去的地方，因为他看到的都是有些特别的青年男女，而且有些比自己稍大的男孩子有点流里流气的，那些女的也不正经。因此，第一次去了以后，志坚就跟石泉说下次别去了。但是，石泉还是软磨硬泡地拉着志坚去那里。志坚后来在那里看到了他觉得自己这个年龄不该看的镜头，即使这样，这些镜头仿佛很有吸引力，志坚想不去但就是控制不住自己。在那段时间里，志坚还跟着石泉认识了一些社会青年，学会了他总觉得不该有的消费。于是，他开始注意爸爸妈妈放钱的地方……

那天，志坚跪在爷爷的照片前，照片边上是"积善积德"，他感到脸上火辣辣的，生疼生疼，而且似乎疼得越来越厉害。奶奶和妈妈在流泪，爸爸喝着闷酒不说话……自那以后，志坚与石泉接触少了，他开始发愤读书，成绩恢复到年级前三，初中毕业考上四星级重点高中，高中毕业考上了理想的大学。

"爸爸，您这么多年，真的太辛苦了。我很想从您肩上接过这个担子，不过说实在话，还是有点担心，担心自己干不好。"志坚跟爸爸说了真心话。

"我这个高中生都能做好，你这个大学生做不好？"

"爸爸，我说的不是学历……"

"我知道你在想什么，我相信，从我们祖辈一副酱油担，到我们家那幅'积善积德'，这些东西如果真的已经传到了你那里,你肯定会比我做得更好的。"

志坚不再跟爸爸说什么,给爸爸续了一杯茶。

五

表彰大会相当隆重,志坚家成了这次活动的主角。三代人一起上台领奖,奶奶戴上了鲜红的绶带,"德善家庭"几个金色的大字格外显眼;爸爸和妈妈一起从文明办主任手中接过"德善家庭"匾额,开心得嘴都合不拢;志坚和美珍从颁奖嘉宾手中接过红红的证书和一套有关家庭教育的图书,图书用红绸带扎着,志坚瞄了一眼,有《颜氏家训》《傅雷家书》《家世》……主持人请志坚他们家庭的代表说说感受,大家一致推荐年龄最大的奶奶讲。奶奶理了理好看的银发,看起来有点激动:"感谢党和政府,我们家有一副酱油担,从江阴挑到了苏州……今天有这么好的日子,还有这么大的荣誉,这都是党和政府给我们家的。谢谢党和政府,谢谢大家……"奶奶说着说着有点泪盈盈了。主持人接着奶奶的话继续道:"奶奶,就是你们的那副酱油担,一代代传承着优良的家风。在党和政府的正确领导下,是你们一家人不懈的努力,才使你们家那么幸福。"

表彰活动结束了,志坚一家扶着奶奶离开会场。这时,很多人围了上来。

"奶奶,您儿子是我们养老院老人们共同的亲人,每次节日,都会送上节日礼物。现在您孙子接替了您儿子,每个节日也都来慰问老人。我代表老人们谢谢你们一家。"是养老院张院长在感谢志坚家。

"志坚,你为母校捐助的德善书院下周启用,你一定要来参加启动仪式啊。"是志坚母校胥山中学的校长在邀请志坚。

……

　　志坚的汽车没有直接开回家，奶奶和爸爸、妈妈都建议去一个地方——石泉家。石泉因为从小没有学好，成家后还是游手好闲，因为赌博欠钱实施盗窃、诈骗等，在监狱蹲了好几年。今年刚从监狱出来，待在家中羞于见人。建国和志坚父子俩在石泉蹲监狱的时候，一直在资助着这个家庭，但父子俩都觉得，要改变这个家庭的生活状况，必须使这个家庭振作起来。

　　志坚一家人走进石泉家，石泉的妻子很是热情，刚刚中专毕业的儿子也出来迎接。石泉坐在客厅，很尴尬地同志坚他们一家打了招呼。两家人亲热地聊着，总的意思是石泉作为一家之主要能够支撑起这个家庭，不但在物质上，而且在家风方面更是如此。因此，在将要走的时候，志坚把刚才获得的奖励——那一叠书送给了石泉。石泉接过红绸带扎着的图书，眼眶有点红了。

　　志坚把"德善家庭"匾额挂在父母和奶奶那里，又把红红的证书带回了自己家，放到了儿子的书房。他特地将证书打开，摊在儿子的书桌上，因为他要让儿子看到证书内页的那段文字：

　　家庭是人生的第一所学校，家长是孩子的第一任老师，要给孩子讲好"人生第一课"，帮助扣好人生第一粒扣子。

——习近平

蜗牛飞起来了

放学的音乐响起，班主任尹老师准时在教室门口喊着："快排队了，今天老师要看看，谁是蜗牛，谁最慢。"

同学们迅速来到教室外排队，班长已经在和同学们对口令了。

班长高声喊道："一！"

同学们答："静！"

"二！"

"齐！"

"三！"

"快！"

尹老师朝教室里看了一眼，只有陆小飞还在慢条斯理地理书包，偶尔还发一会儿呆。

"陆小飞，今天你又是蜗牛！怎么你一直是蜗牛啊……"

"哦，尹老师……"小飞一惊，欲言又止。

谁一直是蜗牛啊！小飞默默地想着，他对尹老师的批评一点都不服气。新学期开学，小飞已经是三年级的学生了，每次走进校园，走过一二年级教室门前，他都感到特别神气：我是你们的师兄了。这样想着，小飞还不时和一二年级的小学弟、小学妹摆手打招呼呢。在开学初的那段日子，小飞的表现可积极了。不说别的，放学排队，他总是第一个排好，班长总是朝小飞竖大拇指。

可自从那件事开始，小飞的态度来了个一百八十度的大转弯。那件事本来也不是他的错啊！

那是一堂科学课，学习的内容是"研究小蜗牛"。小飞和同学们随着老师一起来到了他们学校西北角的学农基地找蜗牛、抓蜗牛、观察和研究蜗牛，这里有学校每个班级种植的蔬菜瓜果。秋天到了，韭菜、芹菜、大白菜都长势喜人。科学老师带着同学们来到一大片种着生菜的蔬菜地，生菜长得可茂盛啦，碧绿碧绿。老师告诉大家，生菜地里是最容易找到蜗牛的。当老师宣布："解散，开始找蜗牛。"同学们都散开了。

小飞本来是和自己小组的另外三个同学一起找蜗牛的，也不知道怎么的，他和小组的同学分开了，独自来到了一个离同学们较远的地方。

小飞在生菜地里找啊找，可是总看不到蜗牛的影子。恍惚中，他听到一个细细的声音："陆小飞，你过来呀！"小飞四下里巡视了几圈，怎么也找不到声音的来源。

"我在这里呢！就在你脚边的那片生菜叶子的反面，嘻嘻！"那声音虽然很细小，但非常清晰。

小飞再一次蹲下身去，仔细在左右脚边的生菜叶子上搜寻，终于看到一只漂亮的蜗牛，它正仰着头朝陆小飞望呢。那蜗牛长得可真漂亮，圆圆的外壳光滑发亮，壳上还有淡淡的一圈圈纹路。探出的身子软软的，那火柴头一样的触角左右摆动着。

"好漂亮的蜗牛啊！"小飞情不自禁地赞叹，"快到我的瓶子里来吧。"

小飞伸手想抓蜗牛了。

"不，陆小飞。"蜗牛对小飞说，"我不是普通的蜗牛，你把我装到瓶子里也是白装。不是嘛？要不，我怎么知道你叫陆小飞呢？"

小飞一想：对呀！我从来没有看见过这只蜗牛，它怎么会知道我的名字呢？这一定是一只神奇的蜗牛。于是，《渔夫和金鱼的故事》等童话故事纷纷浮现在小飞的脑海中。小飞想：莫非，神奇的童话真的到我的生活中来了？

　　"那我们今天上课的任务就是找蜗牛啊。"小飞有些为难，请求神奇的蜗牛的帮助。

　　"那还不简单，你就跟老师说没有找到蜗牛就行啦，嘿嘿，小傻瓜。"神奇的蜗牛似乎在嘲笑小飞了。

　　小飞可一点也不在乎，因为他已经喜欢上这只蜗牛了。

　　他们俩像老熟人一样，聊了好多好多。小飞觉得神奇的蜗牛最神奇之处就是对自己非常了解。比如，小飞上课时偶尔会走神，作业多的时候会脾气不好，对学习总是不自信……小飞还了解到，神奇的蜗牛也有和他一样的问题，而最主要的问题是"管不住自己""做事的时候不够自信"。小飞还了解到，这只神奇的蜗牛如果能够管住自己，做事自信，它就能不再受到外壳的约束，可以飞向广阔的天空。不过，小飞也怀疑，蜗牛是不是在吹牛。

　　当小飞发现学农基地已经没有了同学们的身影，他这才惊呼："糟了，同学们都回去了，而且这是最后一堂课，上完这堂课就放学了。"

　　当小飞想飞奔回教室时，神奇的蜗牛努力地喊着："陆小飞，请等等，我告诉你联系我的方法……"蜗牛最后叮嘱小飞："以后你有什么烦恼或者困难，可以随时随地找我。不过，你千万不能把我们的秘密告诉别人，不然你就永远见不到我了。"

　　当小飞回到科学教室，放学的音乐响起来了。呀！已经放学了。小飞来到教室门口，班主任正检查人数，看到小飞快速地跑来，什么都没有问就把他劈头盖脸地批评了一顿。这还不算，等小飞回到家，老师已经把这件事告诉给了他妈妈。吃过晚饭，一向温和的妈妈也把小飞臭骂了一通。小飞想和妈妈解释，妈妈不听。小飞暗想：这事还不能和妈妈说呢。

过后的日子，班主任总因为这件事对小飞心有成见，没有好脸色给他。但小飞又不能把秘密告诉尹老师，他只能独自忍着。有时放学，他会因为想起神奇的蜗牛而发呆。于是，他又成了老师和同学们眼中"一直的蜗牛"。

陆小飞觉得好冤啊！他甚至不想待在这个令他不愉快的班级了。当这回老师再次批评他"是蜗牛"时，他忽然想起了神奇的蜗牛跟他说过："以后你有什么烦恼或者困难，可以随时找我。"想到这里，小飞咧开嘴开心地笑了。

二、妈妈有些不对劲

放学回家的车上，妈妈又是"老三篇"："今天在学校有什么好的表现？""今天被哪些老师表扬啦？""今天有没有做不应该做的事情？"陆小飞一点都不想回答妈妈的问题，但妈妈催得紧，他只能应付了事："今天我捡起了走廊里的一张废纸，扔到垃圾桶里去了。""校长正好看到我主动捡废纸，向我竖了竖大拇指。""今天放学排队我又是'蜗牛'。"妈妈"哦"了一声，就不再说话了，专心地开她的车了。

回答了妈妈的"老三篇"，小飞忽然感到有些开心，他回忆起了校长向他竖大拇指的瞬间：小飞刚从地上捡起废纸站起身，抬起头便看到校长正走到他面前，满意地微笑着，朝他竖起了大拇指。这一瞬间，他是多么开心！要知道，全校老师和同学都尊重的校长在表扬他呢！不过，这样的开心转瞬即逝，因为他知道，在学校能够像他这样做的小朋友比比皆是，他还常常看到校长自己也是这样做的。小飞还想到，校长根本就不认识他。他的心里忽然生出一种强烈的欲望：怎样才能让校长认识我呢？我一定要想办法让校长认识我，还要争取让他牢牢地记住我!

不知不觉,妈妈的车子已经到了家门口。妈妈拎着包下车,同时提醒小飞:"下车了,动作快点,在家不能做'蜗牛'啦。"说完,妈妈打开院子大门径直朝家中走去。小飞感到今天妈妈有些不对劲,平时妈妈会一直等着他下车一起回到家里的,还会唠叨一遍:"快点写作业,写完作业再玩啊!"今天妈妈怎么漏了这个环节呢?

哎,妈妈的事不用我管,我管好自己就行了,小飞自我安慰。他走进自家的院子,听到了"哗啦啦"的水声,是池塘里爸爸养的锦鲤知道小飞回来了,正将彩色的脑袋探出水面,似乎在跟小飞说:"小主人,你回来啦,快给我们喂食吧。"但这事妈妈不让小飞做,妈妈对小飞的要求永远是"回家的第一件事就是把作业做完"。小飞走进客厅,看到妈妈已经坐下了,好像发了一会儿呆了,他再次感到妈妈和往常不同,似乎有些不开心。他没有多问什么,大人的事他不想弄懂,也无法弄懂。他乖乖地走进自己的小房间做作业去了。

小飞今天做作业比往日都专心,大概是他发现妈妈有些异样,感到自己必须乖一点,不要做出"火上浇油"的事情,让妈妈更加不开心。"滴答滴答",书桌上的小闹钟似乎也在表扬小飞。

不过,这样的状态没有持续到作业做完。语文作业的最后一项是小练笔,要用课文中学到的"总分总"的结构方法写一写自己的小房间。不管是小练笔还是大作文,都是小飞头疼的事情。他一手拿着笔,一手撑着脑袋,想了好久都不知道怎么动笔。这时,妈妈在厨房间烧晚饭的声音传进了小飞的耳朵,他忍不住想象起来:今天晚饭会有什么自己喜欢吃的东西呢?有没有牛排啊?牛排妈妈会烧几分熟呢?爸爸喜欢的椒盐有没有用光了,我也要试试……

"小飞，作业还没做完吗？"妈妈一边敲着小房间的门，一边大声询问，把小飞吓了一跳，并且把他从享受牛排美味的想象中拉了回来。

"妈妈，我已经把作业做完了。"小飞怕妈妈进来看到他小练笔没有完成，脑筋没动就对妈妈说了个谎，他还很自然地把语文回家作业本合上，朝妈妈挥了挥，整理好书本文具，又放进书包，站起来伸了个懒腰，准备走出小房间。

"作业真的全部完成啦？"妈妈用怀疑的眼光看了一眼小飞。

"真的做完了，妈妈。"小飞故意表现得很平静的样子，但他能感觉到自己的小心脏跳得特别快。

妈妈听了，脸上有了一丝微笑。自从小飞上了三年级，妈妈和他就达成了一项协议：小飞自觉完成作业，妈妈不会特意检查，有不会的作业妈妈可以参谋参谋。看着妈妈的微笑，小飞的心情倒有些复杂：他轻易就骗过了妈妈，而且刚才妈妈不高兴的样子似乎缓和了一些；但他骗了妈妈，感到有点对不起妈妈。管他呢！反正骗过去了，我先玩了再说，小练笔明天早点到教室向铁哥们抄抄就应付过去了。

小飞之所以急着完成回家作业，甚至骗妈妈已经完成小练笔，是因为他今天想做一件事——他要去找神奇的蜗牛。他要向神奇的蜗牛请教：怎样才能让班主任老师对他没有偏见？同时，他还想问问蜗牛：妈妈今天有点不高兴是什么原因？

小飞记得神奇的蜗牛曾经跟他说过，只要在有绿叶草或者绿叶菜的地方，心中默念一遍蜗牛教他的口诀："绿叶绿叶摆，蜗牛蜗牛来"，神奇的蜗牛马上会来到小飞身边。

小飞家的院子是爷爷设计的，虽然不算大，但却有着苏州园林的风味。靠南的院墙边是一个池塘，周围有太湖石堆砌的假山，其中有一块高高耸立的太湖石很有点苏州留园冠云峰的韵味，可以任你想象，把它想象成嫦娥可以，想象成鸟儿在老树上栖息可以，想象成老龟趴着也可以……池塘里就是刚才进门就看到的调皮的锦鲤。池塘东面有一个小亭子，亭子顶部四个檐角高高翘起，亭子里有一个石桌，周围是四个石凳子，有客人来可以在里面喝茶聊天。正对池塘有一小块鹅卵石铺成的场地，小飞经常和妹妹在那里玩游戏。池塘西侧是绿化带，那里有造型很美的鹅毛枫树、榆树桩和茶花树等，树底下是绿色的草坪，草坪除了如头发般的草皮，还有一丛丛有五个圆圆叶瓣的五叶草。

小飞来到草坪的五叶草边，他想，在这里一定能见到朝思暮想的神奇的蜗牛。因为这件事不能让任何人知道，所以，小飞一直不敢轻易呼唤神奇的蜗牛。今天，他想见蜗牛的欲望已经这样强烈。他正想蹲下身子默念口诀时，妈妈又在叫他了："小飞，妹妹回来了，快和妹妹一起玩吧。"小飞赶紧站起来，好像什么事情也没有发生，朝着正在走进院子大门的妹妹蒋小涵走去。

三、蜗牛进了小瓶子

陆小飞和妹妹蒋小涵与好多家庭的小朋友一样，小飞随爸爸姓，妹妹随妈妈姓。小飞还知道，这是因为爸爸妈妈结婚是"两家并一家"，爸爸和妈妈都是独生子女。不过，小飞总觉得妹妹也应该跟着爸爸姓陆，或者他跟着妈妈姓蒋，只有这样，他才觉得和妹妹像亲兄妹。记得还是在很小的时候，当他意识到这件事，并且在有一年新年，爷爷家和外婆家两大家子大团圆吃年夜饭，爷爷奶奶和外公外婆给他和妹妹发压岁钱时，他提出了自己的想法："爸爸妈妈，我要妹妹姓陆，或者我和妹妹一起姓蒋。"大人们听了都哈哈大笑。小飞一本正经地说："我是认真的……"他滔滔不绝地说出了自己的理由。这次，大家不笑了。两家人家中威信最高的爷爷说道："小飞，快吃饭，多吃点喜欢吃的。"然后，大家都不再搭理小飞，嘻嘻哈哈讲他们的话题了。过后，小飞还和爸爸、妈妈说过多次，一直到爸爸很严厉地跟他说："以后再无理取闹就揍你！"小飞才把这个想法放进了肚子里。不过，姓"陆"和"蒋"的问题并没有影响小飞和妹妹的关系，小飞从小喜欢妹妹，什么事情都让着妹妹，只要妹妹开心，他会比妹妹更加开心的。

他们在池塘前的鹅卵石小场地上玩起了游戏。妹妹提出比赛说苏州话，因为小飞的学校里开设了"苏州话兴趣小组"，小飞每次参加兴趣小组回来，就把学到的苏州童谣教给妹妹。小飞家虽然祖祖辈辈在苏州，但是他和学校里大多数苏州的小朋友一样，只会说普通话，苏州话却说不来，到三年级，英语都比苏州话说得好了。

妹妹小涵宣布比赛规则："哥哥，我们每人说一段苏州童谣，谁不小心夹杂了普通话，谁就输。"

"好啊，我还会输给你？"小飞嘴上说着，心里却在想着神奇的蜗牛。

妹妹先说："大清老早，掼只书包；分量蛮重，作业要交……"

小飞似听非听。"我说完了，没有夹杂普通话吧。"妹妹开心地说道。

"哦，哦……呃，没有，妹妹真厉害！"

"轮到你了，哥哥！"小涵催促道。

"好，好……笃笃笃，卖糖粥，三斤核桃四斤壳，吃了你的肉，还了你的壳……"

"哥哥，你输了，应该是'吃仔倷格肉，还仔倷个壳'！"妹妹开心得手舞足蹈。

再来了两轮，小飞依然输给妹妹。

妹妹吃惊地问道："哥哥，今天你怎么啦？你不高兴吗？"

"没有啊，哥哥跟妹妹玩游戏，很开心呢。"小飞心想，我是不能把这个秘密告诉妹妹的。

"小飞、小涵，先来吃牛排吧！"正在这时，妈妈在叫兄妹俩了。

"哦，吃牛排喽，吃哥哥最爱吃的牛排喽！"小涵边跳边喊，"哥哥，走，我们一起去吃妈妈做的牛排吧。"

小飞心想：这下有机会支开妹妹了。他对妹妹说道："小涵，你先去吃吧，哥哥还有个作业要完成，老师让我们观察自己家的小院，明天要写作文的。哥哥观察完再陪你吃牛排。"

"那我和你一起观察吧。"妹妹缠着小飞。

"不用，再说，你在哥哥身边，哥哥观察就不专心了。乖，你先去吧。"

"好吧，那我先去啦。哥哥快点观察啊，我等你。"妹妹蹦蹦跳跳朝家里走去。

"妈妈，老师布置了作业，让我们观察小院，我还要在院子里完成老师的作业呢！"小飞故意对着妈妈高喊。

"好的，仔细观察啊。"

小飞心想：还是妈妈懂得观察的重要性，但她今天是第二次上我的当了。

小飞见妹妹和妈妈都走进了里屋，他重新来到草坪边，看着眼前的五叶草，他有些激动，也有些兴奋，还带着一丝丝怀疑。在心里念完口诀，神奇的蜗牛真的会来到面前吗？

小飞一下子就变得虔诚了，他索性把眼睛闭起来，开始在心里默念："绿叶绿叶摆，蜗牛蜗牛来。"

"陆小飞，你终于来找我啦。"小飞很清晰地听到了很好听的细细的声音，这声音是那样熟悉，那样令人兴奋。他睁开眼睛，就在离他最近的一棵五叶草的叶瓣上，小飞看到了他只遇到过一次，但是已经成为好朋友的神奇的蜗牛。

"神奇的蜗牛，你真的没有骗我，真的随时随地能够找到你的！"

"我怎么会骗你呢？你们人类最可贵的品质之一就是诚实，我们蜗牛也是一样的。"神奇的蜗牛很认真地说道，"哦，对了，你怎么喊我'神奇的蜗牛'呢，我告诉你我的名字，我叫斯耐儿。"

"斯耐儿，这名字真好听，好像外国人的名字，很洋气的。"小飞称赞道。

"这次找我，肯定有烦恼了吧。"

"嗯嗯，就是……"

"别说了，我来说，是不是班主任尹老师对你有偏见？是不是发现妈妈近几天不开心？"

真是神奇的蜗牛啊！哦，不！神奇的斯耐儿！

"是的，我真的太佩服你了，你怎么什么都知道。"

"先告诉你一个问题的答案，你妈妈为什么近几天不开心。"

"不，不是近几天，我就发现她今天有点不开心。"小飞否定了斯耐儿。

"小飞，前些日子你妈妈表现得没有那么明显，你没有发现而已，你妈妈已经不开心好几天了。"斯耐儿说道，"因为你妈妈在前几天收到了尹老师的一条特别的微信。"

"微信上都讲了些什么啊？"小飞有些心急。

"微信上的具体内容，我还没有本领知道。但是，肯定是让你妈妈不开心、让你妈妈非常为难的内容。"

两个人沉默了一阵。

"那怎么让班主任对我没有偏见呢？"小飞向斯耐儿请教另一个烦恼。

"这个嘛……"斯耐儿欲言又止。

"快说嘛！你跟我还卖关子啊？"

"不是卖关子，解决这个问题需要慢慢来，需要做好多事情的，我们一步一步来。"

正在两人聊得投机的时候，小飞听到爸爸的汽车声音，是爸爸回来了。

"我还想跟你聊些内容，你带盒子之类的东西了吗？快把我装起来，被你爸爸发现我俩，我们就永远不能再见面了。"斯耐儿着急地说道。

小飞爱自然、爱科学，他身边总带着爷爷装保健品的一个精致的小瓶子，看到大自然中神奇的小昆虫，他都会把它们装进瓶子，带回家好好观察和研究。他马上把那个精致的小瓶子拿出来，还没等他动手，斯耐儿已经在小瓶子里瓮声瓮气地跟他说话了："小飞，我已经在瓶子里啦！"

"小飞，一个人在院子里欣赏风景啊？"幽默的爸爸已经来到了小飞身边。小飞心想：好险！他马上故作镇静地对爸爸说道："我在完成老师布置的作业，观察我们美丽的院子呢。"

"好儿子，学习更加自觉了，将来一定有出息！哈哈……"爸爸夸奖道，"回屋吃晚饭吧。"

小飞悄无声息地把小瓶子装回口袋，心里默默说道："斯耐儿，吃完晚饭咱们再聊啊。"

四、小练笔完成了

陆小飞很快吃完了晚饭，跟爸爸妈妈打了个招呼，转头就要向小房间走。

"哥哥，我要跟你一起玩。"蒋小涵也马上扔下还没吃干净的饭碗，想和哥哥一起进小房间。

"妹妹乖，哥哥刚才观察了小院子，要完成作文的预习作业呢，你自己玩吧。"小飞很正经地说道。

"嗯嗯，小涵，哥哥有作业，你在客厅玩，不要去影响哥哥。"妈妈在学习方面，是极力支持小飞的。

　　小飞回过头朝妈妈一笑，见妈妈也在向他微笑，而且是十分满意的样子。想到刚才妈妈隐隐约约表现出来的不开心，而他还骗妈妈已经做好了小练笔，他感到对不起妈妈。

　　小飞急于到小房间，作文预习作业纯粹是谎言，真正的原因是他的心里一直装着神奇的蜗牛斯耐儿。他迅速走进小房间，在关门的时候，还朝外面偷偷望了一下，见爸爸妈妈和妹妹都不再关注他，他才轻轻关上房门，还很小心地将门锁的保险按下。来到书桌旁，他很小心地取出那个装在口袋里的小瓶子，朝瓶子里一看，顿时傻眼了——斯耐儿怎么不见啦！瓶子只有那么大，而且是半透明的。小飞从瓶口朝里仔细看，没有；从瓶子四周朝里看，还是没有！这下，小飞彻底没辙了，他很清楚地记得将斯耐儿装进瓶子了呀。

　　想起来了，要默念口诀的。小飞闭上眼睛默默地念起口诀："绿叶绿叶摆，蜗牛蜗牛来。"念完，他慢慢将眼睛睁开，还是不见斯耐儿的踪影。这下，小飞简直有点着急了，斯耐儿去哪里了呢？

　　"陆小飞，没有绿叶，你看不到我的。"小飞很清楚地听到了斯耐儿轻轻的提醒。哦，原来是这样啊！小飞恍然大悟。他这才想起来，小房间书桌上就有妈妈给他摆放的小盆景绿萝，之前竟然把它忽略了。小飞摘了一片最细嫩的绿叶放进瓶子里，心里再一次念着口诀。口诀刚念完，他的眼前闪过一道光，斯耐儿亮闪闪地出现在绿萝的嫩叶上了。小飞小心翼翼地将绿萝叶子和斯耐儿一起从瓶子里倒出来，他发现，在台灯下的斯耐儿比在学校种植园和院子里的五叶草上看到的更加美丽和神奇。

　　"斯耐儿，终于又见到你了。"小飞很开心。

　　"现在房间里只你我两个，你可以好好欣赏我了。"斯耐儿好像很自豪的样子。

小飞发现，斯耐儿确实值得为自己骄傲。只见它的脑袋上有两对触角，长在头顶上的那对触角还会发出光来呢！小飞仔细一看，原来那对触角上有一双亮闪闪的小眼睛。原来蜗牛的眼睛是长在触角上的。只见斯耐儿慢慢转动着那对触角，它可能也在欣赏小飞的样子，小飞想：我可是班级里长得最帅的小男孩。小飞还在斯耐儿头部底下发现了它的嘴巴，嘴巴里有很多细细的东西。

　　"斯耐儿，你嘴巴里的那些细小的东西是什么呀？"小飞问道。

　　"那是我的牙齿，我们蜗牛是世界上牙齿最多的动物，有数万颗呢！科学家把我们的牙齿称为齿舌，是用来碾碎食物，以便消化的。"

　　数万颗牙齿，这让小飞感到吃惊。

　　最吸引小飞的是蜗牛壳，在台灯下，一圈圈的纹路变化着不同色彩。不过，小飞想起了《蜗牛的奖杯》这个童话故事，说蜗牛的奖杯变成了蜗牛壳，影响了蜗牛的爬行速度。于是，他忍不住问斯耐儿："斯耐儿，虽然你的外壳很漂亮，但它影响你前进的速度吗？"

　　"我也是这样想的，我一直跟爸爸妈妈说，我要摆脱蜗牛壳的舒服，我要像小鸟一样在蓝天飞翔。可是爸爸妈妈总说我是痴心妄想，蜗牛没了外壳，就是一条鼻涕虫。"斯耐儿讲着讲着有些不高兴了，"但我相信，我是一只不平凡的蜗牛，我一定能摆脱外壳的束缚，总有一天，我会生出神奇的翅膀，会飞到蓝天上去的。"

　　"我也相信，你总会有这一天的。"小飞安慰斯耐儿，"其实我也有一个飞翔梦，希望自己也能够飞起来。"

　　两人正聊得投机，听到有人在敲房门："哥哥，你作业好了吗？陪我玩会儿嘛。"是妹妹又来缠着哥哥了。

"是啊，这么久了，怎么作文预习还没有完成啊？"爸爸也催了，"出来陪爸爸聊聊天。"

小飞一惊，又马上镇静下来："好了好了，我就出来。"

小飞说完，把绿萝叶和斯耐儿一起装进小瓶子："斯耐儿，等我陪妹妹玩会儿再进来聊。"小飞打开房门来到了客厅。

不知道爸爸今天为什么特别开心，喝了点小酒，脸微微泛红。妈妈已经把厨房间洗刷完毕，也来到了客厅，小飞再次发现妈妈的神色有些不对劲。妹妹见哥哥出来，立即来到哥哥身边缠着哥哥陪她玩游戏。小飞陪妹妹玩了会儿游戏；跟爸爸聊了一会儿天，问了爸爸开心的原因，原来爸爸今天接了一个大单子；还来到妈妈身边，帮妈妈捶了捶背，使妈妈的笑脸如乌云中的太阳，又偶尔露出了一点儿。然后，小飞伸伸懒腰，打着哈欠说道："今天体育课跑了长跑，我累了，想早点睡了。"妈妈乘机对妹妹说道："小涵向哥哥学习，也早点睡觉吧。"其实，大家都不知道小飞的心思，他还想和斯耐儿对话呢。

洗漱完毕，跟爸爸妈妈和妹妹道了"晚安"，小飞走进了自己的小房间。小飞拿出小瓶子，默念口诀后，漂亮的斯耐儿马上出现在了小飞面前。

"小飞，今天有件事你骗了妈妈，是不是？"斯耐儿的小眼睛连着触角转了一圈问道。

"没有啊。"小飞刚想骗斯耐儿。

"你的小练笔还没有完成吧？"

"嗯……这个……"小飞就知道是骗不了神奇的斯耐儿的。

"可是，对于作文，我真的好怕好怕，真的不会写。"小飞一副很烦恼的样子。

"你把小练笔的要求告诉我。"斯耐儿说道。

小飞告诉了斯耐儿小练笔的要求后，斯耐儿笑着说："用总分总写你的小房间，这简直太简单了。我在你书桌上爬几个回合,你肯定就会写了!"

只见斯耐儿先爬了个大圈,外壳一闪,是房间主色调——小飞最喜欢的淡蓝色的光,爬的圈儿正是房间的样子。然后,斯耐儿又爬了几个小圈,并且发出不同的光来。还用很小的声音哼唱着小飞喜欢的《孤勇者》的调子,那是小飞的小小音乐盒经常放的音乐。

斯耐儿停止了爬行,写字台上留下了亮晶晶的爬行痕迹。小飞豁然开朗:"斯耐儿,我知道怎么写了!"小飞取出小练笔本子,200多字的小练笔一气呵成,而且小飞很自豪地看到,这次小练笔的字也写得特别流畅和漂亮。当他抬起头正想感谢斯耐儿的时候,斯耐儿已经不在眼前了。

"斯耐儿,你在哪里?"小飞轻轻呼喊着。

"我要回去了,等着明天老师表扬你的小练笔吧。"

五、忍无可忍

"下面,请陆小飞同学上讲台来读他的小练笔,大家掌声欢迎。"语文活动课上,小飞还是第一次被老师点名上台读自己的作文。要知道,这是语文课上的最高荣誉啊!尹老师曾经跟同学们说过:很多作家之所以会爱上写作,走上作家之路,都是因为在读小学的时候,语文老师表扬并朗读了他们的作文,使他们从此对写作充满了浓厚的兴趣,一直快乐地写下去。看来,这样的机会现在也落到小飞身上了。小飞站起来,不知道是因为兴奋、激动,还是有点紧张,他感到自己的脸蛋好烫好烫。他来到讲台边,尹老师就站在他身边,用鼓励的眼神看着他。小飞开始朗读了,但他发现自己的小练笔本子上一片空白。咦?这是怎么回事呢?他努力眨眨眼,漂亮的字迹出现了。小飞开始朗读,可是怎么也发不出声音来。小飞这下可急了,用尽力气想读出声音来,不过再怎么用力,依然没有一点声音。他听到了老师和同学们的嘲笑。小飞委屈极了，他开始拼命跺脚。忽然听到有个声音在催他："小飞，起床啦。"小飞使劲摇摇头，原来自己在做梦，正用双脚踢着被子呢。小飞被自己的梦逗笑了。

吃过早饭，爸爸送他上学。汽车的声音如同飞机发动，敲打着小飞的小心脏，小飞觉得这种"刺激"的感觉能给他带来兴奋感。小飞和爸爸毫无拘束地交流着，他想到了他昨天的小练笔以及今天早上的梦。

小飞问爸爸："老爸，我今天特别开心，您知道为什么吗？"

"莫非今天你们学校食堂有你喜欢吃的菜？"

"爸爸，看来您对您儿子已经不了解了，难道我长这么大就这么点出息，开心的事还停留在吃的上面？往精神层面猜。"小飞的小脑袋昂得高高的。

"哦，明白了，你昨天的作文预习做得特别充分，估计会被老师表扬或者作为范文。"

"有点接近了，但还是不对。"

"那我猜不出来了。"

"等晚上回家告诉您，老爸。"

不知不觉，爸爸和小飞到了小飞就读的圆融实验学校。

小飞走进校门，很礼貌地跟值班老师打着招呼，不仅如此，还更礼貌地跟保安叔叔问好。小飞觉得老师对他的印象总是一般，保安队长何叔叔却非常喜欢他，总是会表扬小飞是个懂事的孩子：看到地上的垃圾会主动捡起，家长送来的同学忘记的学习用品他会主动帮忙带进去，能经常向低年级的小朋友问"早上好"。小飞甚至想：要是何叔叔是我们班主任就好了。

交作业时，小飞给语文组长交小练笔本子的时候特别小心，他还请组长帮忙，把他的小练笔本子放在最上面。组长跟小飞关系还好，就答应了他。

小飞知道，语文老师一般会在下午上课以前批完小练笔本，因为下午有语文实践活动课，尹老师可能会把那堂课作为小练笔的评价和修改课。于是，小飞就耐心地等待，期待尹老师能够在下午上课前批完。他很幸福地想象着，可能下午上课前，尹老师会请他去办公室，先表扬他几句，然后在实践活动课上朗读他的小练笔。

午饭后不久，语文课代表真的来找小飞了："陆小飞，语文老师叫你到她办公室去一趟。"小飞这个兴奋劲啊！他以百米冲刺的速度迅速来到了尹老师身边。

"陆小飞，你来啦。"尹老师说完，一眼不眨地盯着小飞看。

"尹老师好，是语文课代表叫我来的……"小飞觉得尹老师的眼神有点不对头。他说不出是什么感觉，好像有点凶，又好像有点怀疑，还好像有点期待。他再看看尹老师手边的本子，正是他的小练笔本。小飞有点蒙。

"小飞啊，"尹老师似乎要长篇大论了，"一个同学，成绩差点不要紧，但一定要做一个诚实的人，我一直跟你们说，一个人学会了做人，将来不管读什么大学，总是会有饭吃的。如果一个人做人也不会，那么他读的书越多，对社会的危害就越大……"

小飞越听越糊涂，尹老师的葫芦里在卖什么药啊！尹老师还在滔滔不绝，但小飞的耳边，只剩下"嗡嗡嗡"的声音了。

直到尹老师拍了一下小飞的后背，小飞才又回过神来。

"小飞，老师不跟你绕圈子的，我要跟你讲的是小练笔的事，你要答应老师，一定要说真话。"

小飞使劲点点头。

"昨天的小练笔作业是你自己完成的吗？"尹老师问。又补充道："内容是你自己想的吗？字是不是你自己写的？"

"是啊，都是我自己完成的。"小飞回答得很坚决。

"呵呵……"尹老师的笑声怪怪的，"小飞，老师再次提醒你，一定要做一个诚实的孩子啊。"

"尹老师，真的是我写的呀。"小飞的态度更加坚决，也微微感到有点委屈。他忽然想到斯耐儿帮助了他，但最终是小飞自己完成的呀，而且斯耐儿的事情是不能和老师说的。

"好吧，你先回教室吧，老师会调查清楚的。"

回到教室，小飞感到课代表和几个同学看他的眼神都有点异样，小飞不理会他们。爸爸从小教他太极拳，告诉他人要学会忍耐。别人怎么看他，他才不在乎呢。

小飞独自到走廊散心，秋日的凉风吹在脸上好舒服，远处的金鸡湖波光粼粼，令人心旷神怡。小飞渐渐陶醉其中。正入神，小飞感到被某个人重重地撞了一下，扭头一看，是自己班级被同学们称为"猢狲"的王凌峰。单这一撞，即使王凌峰不道歉，小飞也不会和他计较的。但他接下来的一句话使小飞怒火中烧，王凌峰阴阳怪气地说道："小练笔不会写就不写呗，还装模作样请人代笔，这多丢人哪。"王凌峰说完，还朝小飞做了一个"猢狲鬼脸"——龇牙咧嘴，满眼的鄙视。小飞的拳头握得紧紧的，脸涨得通红，眼中差点冒出火来。但他记住了爸爸从小教他太极拳时说的话："练武为练身，练身为养性"。随着年龄的增长，尤其是后来跟爸爸的朋友练习了散打以后，他更加懂得了爸爸那句话的含义。

王凌峰却不知好歹，不依不饶，看到小飞愤怒的样子，特别是看到小飞紧握的拳头和圆睁的怒目，他似乎更来劲了："怎么，请人代笔还有理了，想打人吗？来啊，朝我这里来啊，我王凌峰可不是被吓大的哟。"

"啪"的一下，随着小飞飞起的一腿，王凌峰直接被踢出去近一米远。他滚在地上还不知道是怎么回事，紧接着脸上又挨了一拳，只觉得口中咸咸的，用手一抹，满手是血。他朝小飞一望,小飞的眼珠似乎快爆出来了。王凌峰愣了一下,立即放开声音大喊大叫起来:"救命啊,陆小飞打人啦……"

不一会儿,小飞和王凌峰身边就围了一大群不同年级的同学。小飞又望了一眼躺在地上耍赖的王凌峰,扭过头,径直向教室走去。

六、理解万岁

尹老师办公室里,陆小飞的妈妈和王凌峰的妈妈都被尹老师约来了。王凌峰妈妈很夸张地抚摸着儿子的脸蛋,带着哭腔:"哎呀,怎么下手那么重啊,我和他爸爸都舍不得打的。"转身对着尹老师说道:"尹老师啊,您是老师,可一定要好好处理这件事的。教室里出现这样的学生,那可怎么行啊!"又转向小飞和小飞妈妈:"你这妈妈是怎么当的啊!啊!看看,这个陆小飞把我们儿子打得这么重,等会儿我要领他去医院好好检查的,医药费你们是逃不了的。"

"王凌峰妈妈,请您放心,我们学校一定会公平地处理这件事情的。"尹老师安慰着王凌峰妈妈,"哎,陆小飞妈妈,你有什么话想说吗?"

"我想说!"陆小飞不知道哪里来的勇气,他想把事情的真相告诉大家。

"老师在问我,你给我住嘴!"小飞被妈妈喝住了。

小飞不吱声了,他朝妈妈一看,妈妈好像做错了事情的小学生,他有点同情妈妈了。

"尹老师,王凌峰妈妈,你们看这样好不好,王凌峰的一切医药费都由我们家承担,等会儿回家我一定和小飞爸爸一起教育,明天让小飞主动向王凌峰道歉。"小飞妈妈简直有点可怜巴巴的讨好样了。

小飞怎样也想不明白,怎么妈妈连事情的真相都没有弄明白，就那么软弱地认错并答应赔钱呢！

"我还想补充一点，我家儿子被同学打了，不仅身体受伤了，心理上也可能留下了阴影，我还要求赔偿一定的精神损失费，或者对方家长到我家来看望一下我孩子。"王凌峰妈妈简直就是不依不饶了。

小飞妈妈沉默了，尹老师也没有接话。

"如果做不到这一点，我会向教育局投诉这件事情的。"王凌峰妈妈进一步威胁。

尹老师很为难地说道："我再来做做陆小飞妈妈的工作。您先领着王凌峰去医院检查一下吧。"

听了这话，王凌峰妈妈才露出一丝笑意，拉着儿子的手走出了办公室。

而小飞的妈妈总是那么软弱，她最终答应了王凌峰妈妈提出的要求。

乘着妈妈的车子回家，一路上，母子俩一句话也没说。小飞很想把真相告诉妈妈，但因为涉及斯耐儿，好几次，话到嘴边，他都咽了下去。

那天晚上，小飞家里静得有点可怕。爸爸妈妈联合起来把小飞痛批了一顿，买了水果等东西去看望王凌峰。妹妹小涵被爸爸妈妈对哥哥的批评狠狠地吓着了，钻到小房间画画去了。每当小飞犯错，爸爸都会运用他"面壁思过"的方法。那时小飞还小，他们还住在乡下，爸爸就让小飞一个人站在柴房思过。现在住到了园区，家里条件变好了，但小飞思过的地方没有变好，是面积一个多平方米的天井，这里只有四壁，往上能够看到一方天空，地面上长了几棵野草。小飞站在那小天井里不停地想着：今天这是怎么啦？怎么会那么倒霉呢？这件事究竟是怎样引起的呢？他忽然想到了清晨的那个梦，想到了那篇小练笔，也就很自然地想到了神奇的蜗牛斯耐儿。

小飞看到墙角有棵小草好漂亮，叶片圆圆的带有一点锯齿，他叫不出小草的名字，但他坚信，只要默念口诀，神奇的斯耐儿一定会出现在他的眼前。"绿叶绿叶摆，蜗牛蜗牛来。"小飞刚默念完，随着一道亮光，斯耐儿出现在了小草的叶片上。

"小伙伴，怎么今天躲到这里来找我啦？"斯耐儿和小飞招呼着。

小飞满脸委屈："别说了，今天倒霉到家了。"

"老师没有表扬你的小练笔吗？"

这事不提还好，斯耐儿的话一出口，小飞就感到眼眶热了。接下来，他滔滔不绝地把白天的事跟斯耐儿说了一遍，斯耐儿专心地听着，头顶触角上的两颗小眼睛不时朝小飞透出亮亮的光来。小飞知道，这是斯耐儿在动脑筋、想办法。小飞终于倾诉完了，他忽然感到轻松了很多。再看看斯耐儿，似乎在朝他微微笑着。

沉默了一阵。

"斯耐儿，你说，我们尹老师究竟是怎么想的呢？"小飞向斯耐儿请教。

"小飞，你可能不知道，现在老师的压力是很大的，很多都是来自家长的压力。"

"来自家长的压力？家长怎么会给老师压力呢？"

"你不知道，每个家长都是不一样的，像你爸爸妈妈这样好的家长是不多的。"

"那么，那些家长是怎么给老师压力的呢？"

"关于这一点，不同的家长有不同的做法。有的家长把孩子交给老师，就什么都不管了，孩子一旦出现问题，他们就要责问老师；有的家长，孩子作业多了要投诉老师；有的家长，孩子作业少了要投诉老师；有的家长，只要学校出现一点点安全问题，就会拼命找老师论理……"

小飞想，这不就是王凌峰妈妈那样的家长吗？

斯耐儿继续说道："最不好的是好几个家长聚在一起，总是给老师找茬，一旦有问题，就集体投诉，老师就变得'亚历山大'了。小飞，其实，老师也蛮可怜的，听说，很多老师身体都不是很好，还有一些老师心理上出现了问题。本来很耐心的老师，也会因为压力太大，对学生态度不好……"

"那我们尹老师可能就是这样吧。"小飞对斯耐儿说，"尹老师已经教过很多学生了，她以前教过的很多学生都说尹老师是一个善解人意的好老师。今天的事情让我觉得尹老师好像已经不是那样的好老师了。要不，她怎么一点都听不进我的解释呢？"

小飞和斯耐儿交流的过程中，他感到了尹老师的不容易，他对尹老师白天的做法也有点理解了。

今天这件事，小飞对爸爸妈妈也不理解。

"斯耐儿，我妈妈怎么不会像王凌峰的妈妈那样，站在自己的儿子——我这一边呢？她总是喜欢为他人考虑，一点也不理解我的感受。"小飞继续向斯耐儿请教。

"小飞，你妈妈是个好妈妈，能够为他人着想，能够严格要求自己的孩子，那是为孩子好，你要感谢你妈妈的。"

小飞若有所思，微微点了点头。

"可是，我爸爸怎么一点也不听我解释，在毫不知情的情况下就劈头盖脸地给了我一通批评。"

"你爸爸太忙了，他哪有时间听你啰唆啊。这也是我对我的爸爸妈妈最不满的地方。好的时候当成心肝宝贝一样喜欢，但对我们小孩子的想法一点都听不进去的。"

小飞觉得斯耐儿真的讲到他心里去了。

"快出来吧，一个人叽里咕噜在嘀咕什么呀！"是爸爸的声音。

斯耐儿马上消失了，小飞也从面壁思过的天井里走了出来。爸爸妈妈的心情似乎缓和了一点。时间不早了，一家人都分别洗漱后睡觉去了。

七、蜗牛壳上的裂痕

想着刚才斯耐儿对老师和爸爸妈妈的分析，陆小飞不仅觉得斯耐儿讲得很有道理，还因为得到了安慰而感到心里舒服。斯耐儿的形象在他的眼中越来越美，似乎在他的眼前闪闪发光。特别是有着螺纹的好看的外壳，简直就如大街上最美丽的霓虹灯，变幻着不同的色彩。在迷迷糊糊之中，在美好的心情里，小飞渐渐进入梦乡。

正在这时，小飞忽然听到一个熟悉的声音："陆小飞，你醒醒，陪我说说话，好吗？"这声音似乎还带着哭腔。小飞觉得这声音太熟悉了，是斯耐儿！对，就是斯耐儿！

小飞一骨碌爬起身，他习惯性地朝书桌上的绿萝小盆景看去，斯耐儿真的趴在绿萝叶片上，美丽的外壳正闪烁着微弱的光。

"斯耐儿，你怎么啦？你的声音听起来好像有点伤心。"小飞关切地问道。

斯耐儿顿了一下，很委屈地说道："真是太气人了……"

小飞细细打量着斯耐儿，见它两个大触角顶端的双眼似乎泪汪汪的。更让小飞吃惊的是，他发现斯耐儿漂亮的外壳上隐隐约约有一道裂痕。

"斯耐儿，怎么你美丽的外壳上有了一道裂痕啊？"

"小飞，你真是我的好朋友，那么细小的裂痕都能够看到。"

"斯耐儿，现在我们心有灵犀，你最细微的变化我都能看到，都能感觉到。我还感到你现在心里很难受，是吗？"

斯耐儿微微点了点头。然后，斯耐儿把它受到的不公平对待跟小飞进行了描述。

斯耐儿在一个非常特殊的动物学校学习。那是一节飞行课，小知了、小蝴蝶、小蜜蜂、小麻雀，还有绿色的小青虫一同上课，当然小蜗牛斯耐儿也在课堂里。这小知了、小蝴蝶等虽然跟平常生活中的看起来一样，但它们都有着神奇的潜力，能够学会任何一样本领，小青虫、小蜗牛等没有翅膀的动物，经过特别训练，也能在蓝天翱翔。美丽的大雁是它们的老师。大雁老师认真讲解着飞行的方法和注意点，特别跟小青虫和小蜗牛讲了它们需要记住的一个重要内容——学习的时候千万不能产生这样的念头，那就是把这件事讲给其他人听，除了自己的爸爸妈妈。

小知了等有翅膀的动物，在大雁老师的指导下，已经飞行得很不错了。小青虫和斯耐儿也渐渐离开桌椅飞到了空中。忽然，斯耐儿从空中掉了下来，幸亏大雁老师眼疾手快，把斯耐儿给接住了。大雁老师是一个很神奇的老师，它能够看到学生的内心，它很严肃地对斯耐儿说道："刚才你在学飞的时候，心里忽然想到了一个叫陆小飞的小学生，是不是？"

斯耐儿用含泪的双眼望着老师，一句话也不说。大雁老师很生气，把这件事情告诉了斯耐儿的爸爸和妈妈。

斯耐儿回到家里，马上成了爸爸妈妈的审问对象。

"说，是不是想到了陆小飞？"妈妈问。

"还不快说，是不是想到了那个学校的老师和同学都讨厌的臭小子？他会影响你成为一只神奇的蜗牛的，如果你不争气，只能永远像世界上所有的蜗牛那样，慢慢爬行，甚至成为世界上爬得最慢的动物……"爸爸的话不仅啰唆，还不堪入耳，让斯耐儿感到脑袋生疼生疼的。

但是，斯耐儿就是一言不发，它不想把这件事说出来，因为它一旦承认了，就永远不可能和陆小飞见面了。陆小飞是个好伙伴，至少，到目前为止，他也没有把斯耐儿说出来，斯耐儿最喜欢讲诚信的小伙伴。爸爸那么侮辱陆小飞，斯耐儿感到很不开心，但它不能跟爸爸说。

"好！你既然不肯悔改，那我就给你最严厉的惩罚，让你永远记住爸爸的厉害。"话刚说完，只听到啪的一声，斯耐儿的外壳被爸爸狠狠打了一下。虽然斯耐儿没有感到疼，但它能够感觉到，它的外壳上一定有了一道裂痕。要知道，对于所有蜗牛来说，外壳就是他们最引以为豪的奖杯，而斯耐儿是一只特殊的蜗牛，它知道自己最终是能够飞上蓝天的。现在，爸爸在它外壳上留下了最不光彩的痕迹，斯耐儿感到伤心极了。斯耐儿暗暗想道：爸爸呀爸爸，你怎么不理解自己的孩子呢？

"斯耐儿，你真是我最铁的哥们儿！"陆小飞听到这里，被斯耐儿的叙述感动了，"在我的小伙伴中，真的没有像你这样的好朋友了。谢谢你！真的谢谢你！"

小飞因为和斯耐儿交谈影响了睡觉，第二天一早，他起晚了。从他起床到出门，妈妈喋喋不休地数落他。亏得爸爸喜欢睡懒觉，不然爸爸妈妈"男女混合唱"，会比《大话西游》中的唐僧都烦人，小飞已经经历过无数次了。

妈妈开着车子经过闹市地段，晚出门几分钟，这里已经很拥挤了。小飞喜欢这个地方，因为可以看到各种各样的人：匆匆上班的，拎着篮子买菜的，小吃摊上买早点的，还有上了年纪、拎着鸟笼去公园溜达的老爷爷。忽然，他看到有个老奶奶在妈妈车子不远的地方趔趄了一下，倒在地上了。小飞马上喊妈妈停车。妈妈说道："你快迟到了，别多管闲事！"可小飞拍打着妈妈的驾驶座高声喊着："妈妈，停车！停车！"妈妈很无奈地停下车，正好停在那倒下的老奶奶身边。小飞迅速从妈妈车上下来，来到老奶奶身边。这时，妈妈也来了。小飞和妈妈蹲下身看着老奶奶，老奶奶挣扎着想爬起来，可是怎么也起不来。妈妈扶了一下，老奶奶才爬起来了。小飞看到老奶奶的手在流血，关切地问道："奶奶，您要不要紧啊？"妈妈也说道："老人家，要不要送你去医院？"老奶奶点点头。小飞立即和妈妈一起把那位老奶奶扶进了汽车。小飞听到周围的人在说："这人怎么开车的？""好像不是那辆车撞的，大概是那老人碰瓷吧。""那个妈妈和孩子真是好人！""他们在扶老人之前应该拍个照的。"……

小飞听了，心中有喜有忧。但是现在没有细细感受的时间，他跟妈妈说道："妈妈，您送这位奶奶去医院吧，我们学校快到了，我自己走过去好了。"妈妈回头朝小飞点了点头，小飞分明看到了妈妈开心的微笑。

尽管小飞以百米冲刺的速度来到教室门前，但上课的铃声已经响过。尹老师已经在上晨会课了。小飞气喘吁吁地喊着："报告！"尹老师没有理他。小飞以为尹老师没有听见，更加大声地喊道："报告！"尹老师停下晨会课，没好气地说道："陆小飞，你的那点小心思老师知道，你认为晨会课不重要，所以你就故意迟到了，是不是？"

"不是的，老师……"小飞也不想把刚才的事情告诉老师，虽然他感到他和妈妈做了一件光荣事。

"好啊，错了还敢抵赖！先进来吧，等会儿我会和你爸爸妈妈联系的。"尹老师没有给小飞好脸色。

走进教室，来到座位的那一刻，小飞不知怎么的想起了斯耐儿外壳上的那道裂痕。

八、真相大白又怎样

一天的在校时间眼看马上要挨过去了！放学排队的时候，陆小飞望着西面林立的高楼之间露出的夕阳，感到它因为高楼显得那样逼仄，它也是不自由的。

队伍在班长的带领下开始向前了，忽然听到背后传来尹老师的声音："陆小飞，你先去我办公室等一等。"小飞心想：一定是为早上迟到的事情，尹老师就是这样，她认准的事情，一定要追查到底。转念又想：我的错误只是因为前一天和斯耐儿聊天晚起了一会儿；我早上没有告诉尹老师，我不想因为和妈妈一起做了一件好事而炫耀自己；奶奶一直跟我说，做了好事让别人知道，好事就白做了。

自从小飞一年级来到园区上学，他就觉得这里的伙伴和他乡下的伙伴是不一样的，他们喜欢表现自己。特别是做了好事，很小的一件事情，都会变得轰轰烈烈。这不，那次班级里的"歪喇叭"刘于昊在校门口捡到了一枚戒指，问了一下周围人，正好是一位家长不小心掉的。"歪喇叭"哪肯轻易还给那位家长，他马上报告给在校门口值班的民警叔叔，在几乎所有护学岗的家长义工和城管、交警叔叔的见证下还给了失主；在校门口值班的副校长还马上用手机录下了"歪喇叭"把戒指交还失主的画面。事情还没有完，那位失主大概是在"歪喇叭"爸爸妈妈的"引导"下，给小飞班级和学校分别赠送了一面锦旗。校园广播和电视台分别报道了这件事情。小飞总感到，这件事情搞得太大了。他在乡下读幼儿园的时候，有个小朋友捡到了一个钱包，里面有好多好多的现金和支票，对此，老师好像也只是在班级里表扬了一下那个拾金不昧的小伙伴。小飞嘀咕着：那些人真是太会做戏了！

小飞边走边想，不知不觉来到了尹老师办公室门口。只见尹老师正大步流星地向办公室走来，后面还跟着一个人。小飞定睛一瞧，是妈妈！原来尹老师把妈妈喊到学校来了。小飞真有点搞不懂：这么小的事情，我老实说不就得了，怎么还把我妈妈"请"来呢？说实话，我妈妈现在最烦心的事情之一，恐怕就是到尹老师的办公室了。转念又想：也好，有妈妈做证，省得尹老师怀疑我了。

"陆小飞，说说吧，早上迟到是怎么回事？"尹老师毕竟是老班主任，还是把解释的机会给到小飞。

小飞心想：妈妈也来了，就把实情告诉老师吧。他就把早上老奶奶倒地和他与妈妈帮助老人的事情一五一十地跟尹老师说了一遍。

"哦，是这样啊，那咱们陆小飞是因为做好事而迟到，老师早上冤枉你了喽。"尹老师这样说着，又望了望小飞妈妈，"陆小飞妈妈，事情真是这样吗？"

小飞转向妈妈，他以为妈妈这次一定会为自己的儿子自豪，做了好事不留名，是一位无名英雄。

"尹老师，您就别问了……"小飞妈妈一副有口难辩的样子。

"妈妈，您怎么啦？事情不就是这样吗？难道您也要像我这样做无名英雄吗？"小飞吃惊地问妈妈，"妈妈，您要为我迟到的原因做证呀！我可是没说谎啊！"

妈妈没有接小飞的话，她朝尹老师微微鞠了一躬："尹老师，我家小飞让您费心了，我还有要紧事，我们先走了。"说完，妈妈拉起小飞的手迅速离开了办公室。

小飞一下子蒙了，妈妈为了做无名英雄何苦要为我保密成这样呢？但他明显感到妈妈拉他的手在微微颤抖。莫非有什么别的事情吗？

上了妈妈的车，妈妈还是一声不吭，快速启动汽车向前驶去。

"妈妈，您怎么不往家开啊！"小飞觉得妈妈走的不是回家的路线。

"小飞，我们去辖区的派出所。"妈妈说，"早上的事情要去处理。"

"早上的什么事情啊？"小飞感到更奇怪了。

"别多问了，到了再说。等一会儿你只要说实话就行了。"

"哦，知道了，妈妈。"

小飞是个聪明的孩子，他确定就是早上扶老奶奶那件事。

来到派出所，小飞一眼就看到了早上摔倒的那位老奶奶，她眼神迷离，手上贴了几个创可贴，其他地方都没有受伤。又看到奶奶身边坐着两个大人，不看不知道，一看吓一跳，那不是"猢狲"王凌峰的爸爸妈妈吗？

"叔叔阿姨，你们怎么也在啊？"小飞还是很有礼貌的。

"谁是你叔叔阿姨啊！套近乎吗？"王凌峰的妈妈朝小飞翻着白眼。

妈妈使劲拉了一下小飞，小飞知道妈妈拉他的意思，也明白了那老奶奶一定就是王凌峰的奶奶。但是，和长辈打招呼已经成了小飞的习惯。

一边办案的民警说话了："都坐下吧，我们把上午的事情处理一下。"

"姆妈，您老人家说说看，早上是不是这个女人的汽车把您给撞倒的？"王凌峰妈妈对老奶奶说道，"当时是不是还有这个小男孩在？"

奶奶朝小飞妈妈看看，又朝小飞看看，似乎没有什么反应。

"奶奶，早上是我和妈妈把您扶起来的！"小飞激动地来到老奶奶身边，"奶奶，请您看看我，您还认识我吗？"

老奶奶注视着小飞，微微点了点头："嗯，对，早上是这孩子！"

小飞开心极了，正想再说下去，却被王凌峰妈妈打断了："我说嘛，就是这孩子乘的车子把您给撞倒的，姆妈您说是不是啊？"

老奶奶又朝小飞看了一眼，没有说话，也没有点头或者摇头。

"这位女士，请您说说看，是不是您撞倒了这位老人家？"民警问小飞妈妈。

小飞妈妈很自然地回答："民警同志，是这位奶奶先倒下去的，要不是我儿子小飞拼命叫我停车扶这位老人，我就直接开车走了，因为我儿子上学快迟到了。"

"哼！还想肇事逃逸！"王凌峰的妈妈一副急不可耐的样子。

"请您尊重别人，您等一会儿再说话。"民警把王凌峰妈妈的话给打断了。

"民警同志，我和我儿子可以再问问这位老人吗？"小飞妈妈说道。

"可以！"

妈妈和小飞一起来到老人面前，他们俩都在老奶奶面前蹲下来。

小飞妈妈说："老人家，请您再仔细想想，早上您是先摔倒，还是被我的车撞了以后摔下的呀？"

老奶奶认真思考着，没有给小飞妈妈答案。

小飞默默地想：难道碰瓷的事情真的被我和妈妈撞到了吗？

"奶奶，您可要说实话呀，我是看您年纪大了，一看到您倒下，就立即喊停了妈妈的车下来扶您的呀！"小飞努力地想唤起老奶奶对早上那个情景的回忆。

但是，奶奶仍然没有给小飞答案。

"老张，早上那个路段的监控调取到了，我们一起看看监控录像吧。"一个年轻的民警报告。

监控还原了早上小飞和妈妈扶老奶奶的真实情景。真相大白，王凌峰爸爸妈妈扶着他奶奶悻悻地走出派出所。

两位民警对小飞和妈妈说："你们做得对，不过以后做好事也要注意保护自己。"

民警叔叔的话，使小飞感到五味杂陈。

九、要不要报复

陆小飞好像失眠了，他翻来覆去怎么也睡不着。一会儿是早上王凌峰奶奶倒地的情景，一会儿是老师责问他为什么迟到；忽而是派出所里王凌峰奶奶似是而非的点头摇头，忽而是民警叔叔关照他和妈妈要保护自己……小飞有点迷茫，生活中有些事情怎样做是对的？怎样做是错的呢？

"哎，别想了，明天上学坚决不能迟到，该睡觉了。"但是，小飞越是对自己这样说，就越是清醒。

小飞忽然又想到了刚才在小房间做作业时隐隐约约听到的爸爸妈妈的对话。

"我这批车厘子可以大赚一笔！"是爸爸得意的声音。

"哦……"妈妈漫不经心地回答。

爸爸压低了声音："你知道为什么吗？我来告诉你吧，现在正是车厘子卖得最好的时候，我刚进了一大批货，但我进货的价位相当低，因为这批货有点小问题，不过，这绝对是内部消息。外面的批发商和水果店都不知道这个内部消息，明天，我可以一下子就把这批车厘子按原来的批发价出手。你说，我们是不是可以大赚一笔啦。"

妈妈似乎没有表现得特别兴奋，客厅里安静了一会儿，又听到妈妈的声音："这个内部消息总会变成公开的吧，你这样做是不是有点不好？"

爸爸马上接话道："这有什么呀？谁知道我了解内部消息啊！"

"但你确实是知道的呀，良心上会过不去的。"妈妈顿了一下又问道，"你这批货的下家主要是谁呀？"

"是开香又多连锁水果超市的王总。"爸爸说完又补充道，"就是我们小飞同学王凌峰的爸爸。那家伙这几年运道好，从一个小水果店现在发展到四家连锁水果超市，据说每年可以净赚上千万元呢。"

"可我总觉得这件事不太好，你应该跟王总说清楚，按照他的意愿把车厘子批发给他。"

"哎呀，我说你怎么这么傻呀，到手的钱怎么可以送给人家呢！"顿了一下，又听到爸爸补充道，"王总这家伙也不是什么好货色，他在水果经营过程中也一直做些不地道的事情的，把蹩脚的水果包装得精美一些，就说是进口的……哦，对了，他们一家人就不是什么好人，你和儿子今天不开心，不就是因为王总他妈妈跟你们玩碰瓷吗？"

外屋又安静下来，小飞能够猜测到爸爸妈妈此刻的表情。爸爸是眉飞色舞，妈妈一定双眉紧锁。

这样想着，小飞更加睡不着了，他索性坐了起来，想翻看一下枕边的图书。他一眼看到了《木偶奇遇记》，读幼儿园的时候，妈妈就跟他一起读过这个童话绘本，直到现在他依然喜欢这个故事，而且觉得文字版的图书比绘本更好看，更能令人回味。他还看到了学校里发的校本教材《伍子胥的故事》。

看到校本教材上伍子胥的形象，他忽然想到了伍子胥回到楚国复仇的故事。"复仇"这个词语那么清晰地出现在他的脑海。于是，王凌峰平时在学校里经常惹是生非的那些镜头，刚才在派出所王凌峰一家的所作所为，爸爸妈妈关于车厘子的对话……一股脑儿涌到小飞脑中。

其实，刚才听了爸爸妈妈关于车厘子的对话，小飞也是站在妈妈一边的。小飞从小在山村长大，在那个小山村，不管是大人和大人之间，大人和小孩之间，还是小孩和小孩之间，大家的关系都好像村前流过的小溪那样清澈见底，非常纯洁，整个村子就像一个大家庭。小飞记得在读幼儿园中班的时候，爸爸出差回来给他买了一个能够听懂人说话的小机器猪，叫它唱歌就唱歌，叫它背古诗就背古诗……班级里的小朋友都很羡慕。但是，那天放学的时候，小飞发现他的小机器猪不见了。老师跟小朋友们讲了一个小故事，坐在小飞边上的东东主动拿出了小机器猪，并低着脑袋向老师和小飞道歉。全班同学都原谅了东东。在那样的班级里，小飞和同学们都感到很开心，心情很舒畅。

小飞和山村里的所有小朋友一样，都希望做一个诚实守信的好孩子。爸爸把内部消息封锁，把车厘子批发给王凌峰的爸爸，这是不诚实的行为，小飞觉得爸爸不应该这样做。

但是，想到王凌峰的表现，想到王凌峰妈妈和奶奶的表现，想到他自己和妈妈受到的委屈，他觉得爸爸这样做，使他狠狠地解了一口气。解了一口什么气呢？那不正是伍子胥回到楚国去复仇的那口气吗？

小飞本来想到了学校悄悄提醒王凌峰，让他爸爸注意打听车厘子进货的一些信息，而现在他下定决心，无论如何要为爸爸保守秘密。这样想着，小飞心里平静了不少。小飞打了个哈欠，睡意向他袭来，他关了台灯躺了下去。

那在空中飞行的闪亮的东西是什么呢？小飞看到头顶似乎有个小型的飞行器，有点像飞碟。那飞行器的色彩可真美呀！一会儿变红，一会儿变绿；忽然变成彩色的，忽然又一闪一闪的……

"小飞，你不认识我了吗？我是斯耐儿呀。"飞行器飞到小飞身边，竟然和小飞说起话来了。

小飞定睛一瞧，果然是他的好朋友斯耐儿。斯耐儿今天可真漂亮啊，而且它今天飞得特别流畅，还变化着各种飞行方式——直线向上，弯曲向下，划成一个"8"字形，又划成一个爱心……

斯耐儿在小飞身边的叶片上降落下来，小飞坐起身，仔细打量着斯耐儿，心中感到特别开心。斯耐儿今天的眼睛更加亮了，全身闪着光，几乎成了透明的。

"斯耐儿，今天你可真美！"小飞由衷赞叹着。

"小飞，我变得这样美，飞行得这样好，你知道是什么原因吗？"斯耐儿忽闪着双眼问小飞。

小飞想了一会儿，轻轻摇了摇头。

"小飞，今天我做了一件令老师和同学都赞扬的大好事。"斯耐儿望着小飞，"那你再猜猜，是什么大好事？"

小飞仔细想了想，还是摇摇头。

"小飞，以前我跟你讲过，我们班上的小鹦鹉小翠跟我是死对头，它一直嘲笑我飞得太丑了，声音也没有它响亮好听。我一直想以自己的优点战胜它，使它在全班同学面前也出一次洋相。今天我们在练习飞行的时候，我发现小翠的羽毛没有整理好，尾巴后面的羽毛上还留了一点鸟粪。而今天有客人猫头鹰、啄木鸟来看我们练习，那两位客人都是很严肃的。我看了看大雁老师没发现小翠身上的异样，其他同学因为紧张根本不在看。再看看两位客人似乎闻到了什么异味，当他们转向小翠的时候，我迅速从他们眼前飞过，分散了他们的注意力。后来在其他动物飞行的时候，我悄悄爬到小翠身上，帮它把鸟粪清理了，并轻声告诉小翠把尾翼梳好。我们的飞行练习得到了两位客人的充分肯定和表扬。后来，小翠把这件事告诉了大雁老师。大雁老师表扬了我，还因为同学之间不记仇的优良品质，给了我最高奖励：发光和飞行都增加五分能量——五分是我们的最高奖呢。"

斯耐儿说完，又从叶片上起飞，那美丽的影儿越飞越远，跟夜晚的天空和星星融合在了一起。

"斯耐儿，等等……"小飞高声喊着，原来是个梦。这时，起床的闹铃正响着,小飞一骨碌起床。起床后,小飞忽然想到了王凌峰,想到了爸爸的车厘子。

十、提醒没有起作用

"应该把车厘子的事情告诉王凌峰!"陆小飞每次下课趴在栏杆上都在下决心。但每上完一节课再次趴在栏杆上,他又开始重新下决心了。与王凌峰的恩怨,小飞已不放在心上;他奶奶那天的表现,小飞也既往不咎。关键问题是,如果他把这个秘密告诉了王凌峰,王凌峰的爸爸可能经济上不会遭受损失,但爸爸就赚不到那么多钱了,或许爸爸还会亏本呢,更有可能,爸爸会在同行中失去诚信……吃过午饭,小飞不是趴在栏杆上琢磨了,而是开始不停地在走廊走来走去。有同学看到小飞皱着眉走来走去的样子,跟小飞开玩笑说:"开始学习数学王老师啦,边走边解难题?"小飞几乎没有听到同学们的调侃。

"陆小飞,今天怎么跟掉了魂似的?"小飞抬头一看,是王凌峰。

"王凌峰,你真是个坏蛋,你真让我左右为难了。"小飞自己都觉得有点答非所问。

"陆小飞,我今天没惹你呀,你的脑子不会出问题了吧?"王凌峰满脸疑惑。

小飞朝王凌峰看了好一会儿。

"干吗?我脸上有什么东西吗?"王凌峰更加莫名其妙。

"走,我们去楼下的德行园讲。"小飞拉着王凌峰来到了德行园。

"王凌峰,我想告诉你一个秘密。"小飞对王凌峰说道,"但这个秘密你只能告诉你爸爸,千万不要告诉别人。而且你要向我保证,让你爸爸也千万要为我保密!"

　　王凌峰仔细瞅着小飞，他从来没有感到小飞这么神秘，又第一次隐隐约约地感觉到小飞好像对自己非常真诚。

　　"陆小飞，虽然我们平时关系不怎么样，但是我们总归是一个班级的同学。老师说过了，一个班级的同学就好像是一个大家庭里的兄弟姐妹，你有什么不能告诉别人的秘密，我一定替你保守，也一定叫我爸爸为你保守！"

　　什么呀？小飞想：是我帮助你们家的秘密，哪里是我要你们帮助的秘密呢？不管那么多了，快点把事情告诉王凌峰吧。

　　"王凌峰，你爸爸几个水果店的车厘子最近都卖得很好吧？"

　　"是呀，你想买吗？我可以叫我爸爸便宜点卖给你的……呃，难道就这个秘密？"

　　"哪里？哎……怎么跟你说呢？反正不是托你买车厘子……"

　　"那你倒快点说呀！平时你说话都是非常爽快的，现在我心里都痒痒死了。"王凌峰开始着急了。

　　"好！那我直说了，叫你爸爸这几天进车厘子时，一定要当心一点儿。"小飞说完，如释重负，一溜烟上楼回教室去了。

　　王凌峰怔怔地站在那里，糊涂了：这陆小飞今天怎么啦？是羡慕我爸爸车厘子生意好吗？还是真的如他所说，车厘子最近会出现什么问题？

　　……

　　今天吃晚饭的时候，小飞似乎特别开心，不停地跟妹妹蒋小涵说着笑话，还津津有味地给妹妹讲着她已经听了无数遍的木偶匹诺曹的故事。爸爸妈妈今天也高兴，爸爸一个劲地说着："今天开瓶好酒喝喝。"现在已经满脸通红，自豪地跟妈妈在聊车厘子的销售情况。

　　爸爸的手机响了。

　　"喂，是王总啊。车厘子的事啊，好说好说……"爸爸乐呵呵地同对方对话。

"什么？有问题？"对方在询问着爸爸什么。

"你儿子说的，小孩子怎么懂水果的行情呢？"爸爸继续在跟对方解释。

小飞听到爸爸前面说"你儿子说的"，立刻敏感地察觉到对方的"王总"是王凌峰的爸爸，而且小飞清楚，王凌峰已经把刚才自己在学校说的情况跟他爸爸说了。他偷偷望了一眼爸爸，爸爸的表情没有任何变化，脸色红得几乎有些发紫，继续在与对方周旋。

"王总，机会难得，我以这么便宜的价格让利给你，你不要，我可要批发给其他水果商啦。"

"对，这就对了嘛，车厘子销售那么好，这批货不要白不要，那就说定了。好，不谢不谢，拜拜……"

爸爸挂了手机，得意地猛喝一口酒，朝着全家人嘻嘻地笑着。对小飞和小涵说道："双休日带你们到苏州中心尽情消费一次，吃一次最好吃的牛排。"

"耶，去苏州中心吃牛排喽！"小涵欢呼着。

小飞却没有一点反应。今天晚上，他开始有些担心，王凌峰把他的话讲给王爸爸听以后，爸爸的车厘子会滞销。如果王凌峰父子保密工作不好，还会殃及池鱼。但现在的情况是，他跟王凌峰说的秘密没有起到作用，王凌峰爸爸还是按计划进货，可以说是钻进了爸爸的销售圈套。按理，小飞应该开心，但他却一点也开心不起来。

十一、继续做和事佬

晚上七点半，大家都回房间做自己的事情了。小飞的作业早已经做好，心情愉快，作业就做得快，而且他敢保证，作业肯定全对。因为在学校的时候，他已经把爸爸关于车厘子的秘密告诉了王凌峰，他已经做到了斯耐儿对他的期待，没有报复同学，做了诚信的好学生。所以，晚上坐在台灯下，他想自由地读点课外书。但是，拿起新买的《飞翔的荷兰人》，读着没味；拿起熟悉的《汤姆·索亚历险记》，更加无聊……

"小飞，我知道你的心事！"小飞听到了熟悉的声音。那不是斯耐儿的声音吗？怎么我不念口诀，斯耐儿就自己出现了呢？

斯耐儿似乎看出了小飞的心思，高兴地对他说道："因为我在学习班上表现出色，特别是做了一件令老师和同学都感动的诚实的事情，所以，我现在有了一个新的本领，我可以不听口诀，不在绿色植物前，就能来到自己的好朋友身边。"

"你都做了什么诚实的事情啊？快跟我说说吧。"小飞急切地问道，因为他心里的疙瘩没法解开——关于车厘子的事情。

于是，斯耐儿跟小飞讲起了它做的那件诚实的事情。

那天的飞行练习课，大雁老师让它们到野外练习。外面的空气可真新鲜，蝴蝶仙子特别吸引大家的眼球，它们五彩缤纷，翩翩起舞。大雁老师告诉学生们，在这些蝴蝶中，有一只蝴蝶王，它不但长得最漂亮，而且身上有一件宝贝。这件宝贝很神奇，是爱心形的，也是五彩的。只要拥有了这件宝贝，蝴蝶王就永远是美丽的蝴蝶王，而且飞行的舞姿永远最好看，飞行的距离永远最远……斯耐儿和同学们都被深深地吸引住了，它们都暗暗地想：要是我们拥有了这个宝贝，那该多好呀！调皮的野鸭子轻声说道："什么时候我把这宝贝偷过来，这样，我就会成为最漂亮的野鸭子啦……"还没等它说完，大家都向它投去了鄙视的目光。野鸭子吓得不敢吱声了。

有时，好事情就是在你没想到的时候忽然出现的。在自由练习飞行的时候，斯耐儿实在太累了，就在蝴蝶飞行的地方停了下来，一边休息，一边欣赏着蝴蝶的舞姿，它再一次因蝴蝶的飞行而陶醉。它也看到了蝴蝶王最美的身姿，对它的飞行表示最高的赞赏。看了一会儿，斯耐儿想再次练习，它的前触须一伸出，一下子怎么也不敢相信自己的眼睛了，原来，在它的面前有一个爱心形的彩色的东西，那不是蝴蝶王的宝贝吗？斯耐儿再次定睛一瞧，确实如大雁老师描述的那样，是蝴蝶王的宝贝。斯耐儿还是不相信，它捡起了那颗爱心。说也奇怪，斯耐儿的身体顿时变得轻盈起来，它好像长了蝴蝶的美丽翅膀，能飞出各种美丽的姿态。它听到周围的伙伴都在赞美："你看，这不是斯耐儿吗？它怎么忽然飞得那么轻盈！""是斯耐儿，是斯耐儿，斯耐儿飞得可真好看，连斯耐儿本身也变好看了。"

斯耐儿的脸红了，它悄悄地飞到了大雁老师身边，把捡到蝴蝶王宝贝的事情告诉了老师，并恳请老师帮它将宝贝送还给蝴蝶王。大雁老师高兴极了："斯耐儿，你真是个诚实的好孩子，老师今天给你一个奖励，将来，不需要朋友口诀召唤，也不用通过绿色植物，你可以随时到你朋友身边。"

小飞深深地被斯耐儿的故事感动了，他在夸赞斯耐儿的同时，狠狠地下了一个决心：今天一定要把爸爸说服，让爸爸诚信经营，让王凌峰的爸爸不要遭受不必要的损失。

小飞毅然决然地来到了爸爸房间，他和爸爸妈妈聊了很久很久……

当小飞再一次回到自己的房间时，他隐隐约约地听到爸爸再次和王凌峰的爸爸谈起车厘子的事情。他听到了爸爸的笑声，这次的笑声更加爽朗。小飞相信，他这次的和事佬做成功啦。

晚上，小飞做了一个奇怪的梦，他也进入了斯耐儿的班级，大雁老师在跟其他小动物做介绍："我们班级来了一个新同学，他叫陆小飞……"

十二、蜗牛飞起来了

"陆小飞，加油……"学校秋季运动会上，同学们正在为参加800米长跑的小飞鼓劲呐喊。小飞和隔壁班被称为"长跑常胜将军"的一位同学并驾齐驱。到最后半圈，小飞感到双腿似乎已经不是自己的了，实在跑不动了。

"加油，陆小飞……"同学们的呐喊声似乎离自己越来越远了。

一会儿时间，换成了另外一个声音："小飞，加油啊，你一定能跑过'常胜将军'！"是斯耐儿在自己眼前！小飞看见斯耐儿正在他前方飞舞，为他助威，它的外壳变成了美丽的翅膀。

斯耐儿都能把外壳化成翅膀，我一定能将自己的双腿化成快马的腿儿！小飞看着斯耐儿，不知道从哪里来了一股勇气，双腿忽然有了无穷的力量。他奋力往前，"常胜将军"被小飞甩开了一段。

当小飞越过终点时，他听到了同学们震耳欲聋的鼓励声："陆小飞，第一！我们班，冠军！"越过终点线的同时，一双温暖的手将小飞扶住，耳畔是亲切的声音："小飞，好样的！来，我们一起往前走走，不要停下来……"小飞抬头一看，是班主任尹老师！顿时，一股暖流传遍全身，小飞激动得话都说不出来了。

成绩出来了，小飞不仅跑了年级第一，还破了该年龄段的学校纪录！

周一的国旗下讲话过后，高校长要亲自为破纪录的同学颁奖。那天大课间的音乐一响起，小飞的心就怦怦直跳。

到了校长颁奖的时间了，一个个运动员走上领奖台，整个田径场响起雷鸣般的掌声。奇怪的是，怎么迟迟没有轮到小飞上台。小飞心想：莫非，学校把他的成绩搞错了。

"同学们，高校长最后要为一名同学颁奖，他就是三年级800米长跑破纪录的陆小飞同学。请陆小飞同学上台领奖！"

田径场上又一次响起了雷鸣般的掌声。

小飞除了看到班主任尹老师激动地鼓掌之外，其他都模模糊糊的，不知怎么的就上了领奖台。高校长来到小飞身边，他看到了校长慈爱的笑容。"陆小飞同学，你真了不起！"高校长将亮闪闪的金牌给小飞戴上。小飞恭恭敬敬地向校长行了一个队礼。要知道，全校4000多名同学，有几个同学能享受到这样的待遇呢！

小飞正准备转身回班级队伍，他听到了校长的招呼声："陆小飞，请稍等！"小飞马上转回身正对着高校长。

小飞看到一边的大队辅导员走上领奖台，手里拿了一面红底金字的锦旗。辅导员将锦旗交到高校长手中，高校长接过锦旗，来到话筒前，对着全校师生说道："今天，我还要为三年级的陆小飞同学颁发一面锦旗，这面锦旗是我们学校的一位家长要求学校转交给陆小飞同学的，至于锦旗背后的故事，同学们自己去发现吧。我只是希望，全校同学都要向陆小飞同学学习，不仅跑步要跑得快，品德的进步还要比跑步更快，陆小飞同学就是大家的榜样。"当高校长把锦旗颁发给小飞的时候，田径场上的掌声持续了好久好久。

"圆融学子诚信，小飞前途无量！"主持的同学朗读了锦旗上的文字。小飞一看锦旗的落款，是王凌峰的爸爸，他一下子就明白了是怎么回事。

接下来，主持人请小飞简单跟全校同学说几句。不要看小飞平时能说会道，但在这样的场合，他怯场了。他看了看一旁的高校长，高校长正用鼓励的眼神看着小飞呢。

小飞鼓足勇气："高校长，各位老师，同学们，其实我只是做了我应该做的事……我和王凌峰是好朋友……我们都是圆融实验小学的学生……呃……我们都要……呃……都要为学校争光……"

虽然小飞说话不连贯，但高校长带头鼓起了掌，田径场又一次掌声雷动。

在热烈的掌声中，小飞又一次看见斯耐儿出现在他的眼前，斯耐儿的翅膀更有力、更加美丽了……

"同学们，我感到，即使我们曾经和蜗牛一样，什么事情都做得很慢……"小飞又一次说话卡壳，但看了一眼飞舞着的斯耐儿后，他大声说道，"但是，蜗牛也会幻化出翅膀，蜗牛也会飞起来的……"

扬琴缘

一

全省小学生艺术展演在镇江丹徒光明实验小学举行。

苏州湖湾实验小学的艺术教研组长、音乐老师穆恬带队去参加这次展演。他三十年如一日带好一个扬琴小组，因为他自己在扬琴演奏方面造诣较深，这个小组在苏州市乃至江苏省已经小有名气，省教育学会艺术教育分会的专家们曾经专门到湖湾中心小学调研，并亲笔题词：琴声悠扬，艺术人生。穆老师自己也感到有些吃惊，一个20世纪80年代的中等师范学校——江苏省新苏师范学校普师专业的毕业生，已到知天命的年纪，同届的同学要么是语文、数学特级教师，要么将局长、校长干得风风光光，唯有自己，竟然在艺术教育方面小有收获。要知道，他当初钟爱的是写作，他的愿望是做一名语文特级教师，像今天叱咤于小语界的薛同学和唐同学那样。

出征之日一早，徒弟小徐老师正组织扬琴小组的孩子上车，准备出发，穆老师悄悄地来到他的扬琴小组的上课准备室。这里的好几架扬琴都有故事，比如：扬琴大师醉送扬琴，企业老总因陶醉于孩子们的演奏而慷慨赠扬琴。而放在众多扬琴中间的，是一把看似不起眼的扬琴，甚至在一般人看来，这是一把再普通不过的扬琴，而且琴身的木头已经陈旧。但是谁也不知道，这把扬琴在穆老师心中有着怎样重要的意义，尤其是今天要出征镇江丹徒。穆老师轻轻地抚摸着这把可以称作"老前辈"的扬琴，陷入沉思之中久久不能自拔。直到小徐老师催了好几次，穆老师才"咚"地拨一下琴弦，下楼和孩子们一起上车前往镇江。

此时，镇江丹徒光明实验小学正在紧锣密鼓地准备。校园中彩旗招展，各种宣传板琳琅满目，化过妆的红领巾们在门厅中叽叽喳喳，准备迎接来自全省各地的客人们。

光明实验小学也有一个扬琴小组，指导老师是一位年近50的女教师孙睿，孩子们都亲切地称这位老师为孙妈妈。孙老师是新苏师范学校首届音师班毕业生，也是光明实验小学第一位科班出身的专职音乐老师。她带的学校合唱团、扬琴小组在全国都有一定知名度，曾经上过中央电视台的少儿网络春晚。尽管孙老师也已经到了知天命的年龄，但她风韵犹存。小时候喜欢看《上海滩》的她，一直记着扮演冯程程的赵雅芝，喜欢她的气质，到今天，孙老师更佩服赵雅芝的年轻不老。暗示或许也会使人年轻，学校里的年轻教师都视孙老师为光明小学的赵雅芝，整个学校的年轻老师对孙老师的称呼都是"孙姐姐"。

孙老师前一天已经在办公室看过这次音乐展演的节目单，她看到了一个熟悉的名字——穆恬，稍稍怔了一下，感到脸上有些发烫。虽然她很快恢复了平静，但还是对着办公室的窗户，望着窗外的高楼，呆了好久。徒弟小宋来向她汇报排练情况，叫了她几次，她才"哦"一声缓过来。小宋是个机灵鬼，看到师傅有心事，提纲挈领把主要工作汇报完就扮个鬼脸走了，让师傅继续望着窗外发呆。

展演那天，全校上下的领导、老师和孩子们都打扮得很漂亮。孙老师平时的穿戴给人的感觉总是雍容华贵，周围的人都知道孙老师的先生是本地有名的大老板，光房地产公司在全国各地就有好几处。但展演那天，孙老师的穿戴完全换了一种风格，给人的感觉只是端庄，她穿了一套深紫色的套装，脖子里看似随意、实质很用心地装饰了一条从苏州买的真丝围巾。稍稍涂了一点口红，眼线也画得很淡。来到办公室，孙老师似乎有些无所适从，好像想找一样什么东西，她忽然想起了什么似的，打开已经好长时间没有打开的最后一个抽屉，拿出一本看来很有些历史的图书《青春万岁》，翻开封面，扉页上赫然写着"有缘千里来相会——穆恬"。她又很快把封面合上，小心地关上抽屉，为今天的展演做准备去了。

二

新苏师范校刊《盘溪》编辑部就设在语基老师张老师办公室隔壁。其实，那只是语文老师办公室的资料室，辟出一角给校刊做编辑部。四张课桌、三个文件夹、两块刻字钢板、一台油印机，仅此而已。

1984年十月刊选稿已经完成，穆恬和另外五位同学正在改稿、刻钢板。张老师走进编辑部，将一篇文稿递给穆恬："穆恬，这稿子不错，你看能不能插在十月刊？"穆恬抬头看看张老师，张老师正微笑着征求他的意见。

张老师是全校同学敬佩的语基老师，虽然是个残疾人——左臂做了截肢手术，但他的右手高质量地替代了他左手的工作。同学们敬佩张老师一手漂亮的粉笔字、超强的记忆力，更敬佩他的文采以及他伯乐一样发现文学苗子的眼光。穆恬就是其中一位，1983年从农村初中考进这所苏州城里的新苏师范学校，尽管他很喜欢写作，作文能够得高分，但他不知道文学为何物。张老师在语基课上发现了穆恬的文学天赋，将他招录进了由张老师负责的学校的盘溪文学社。穆恬清楚地记得，在他进入师范的第二个月，他的第一篇所谓的文学作品，一首题为《湖湾画卷》的小诗就是由张老师推荐，在《盘溪》1983

年十月刊发表的。这在班级里引起了很大反响，同学们从此都美称他为"穆诗人"，穆恬对文学的热情从此越发高涨，入学第二年就成了校刊主编。

穆恬从张老师手中接过文稿，是一首题为《扬琴梦》的诗歌，作者是1984级音师班孙睿。穆恬心想：是一位一年级的学弟或者学妹——从娟秀的字迹看，应该是学妹。浏览一下诗歌，确实写得精彩。这也更加坚定了穆恬的判断，应该是一位从小就喜欢扬琴的师妹。"怎么样，这诗歌写得还不错吧？"张老师问道。穆恬使劲点头道："师范一年级的同学能写出这样的诗歌，了不起！"待张老师离开，穆恬把这首诗给编辑部其他成员传阅了一遍，大家都一致称赞这首诗写得好并同意发表。穆恬表示由他作为责任编辑对这首诗进行修改，但他读了好多遍都没有发现什么破绽，整首诗甚至连一个标点都无须修改。

勉力编辑完这首诗，穆恬发现自己的情绪似乎有些不稳定，他也不清楚自己究竟在想些什么。使劲将一将思绪，他发现自己正在思考不应该思考的问题：写《扬琴梦》的学妹究竟是谁？她来自哪里？长什么样？是不是很漂亮？穆恬晃一晃脑袋，提醒自己要专心工作。但一会儿思绪又集中到那学妹身上去了：我和那个学妹似乎有缘，我们都被张老师看好，都是一进师范就发表诗歌……

晚饭过后，本来习惯于和同学们一起先回宿舍疯一会儿的穆恬，今天没有随大流，当然也没有马上去班级晚自习，而是径直朝校园后面的小花园走去。他想去假山围着的小池塘边坐坐，因为那首《扬琴梦》一直萦绕在他心头，也因为诗歌的作者孙睿。

走过那条百来米的长廊，往右转个弯就是校园里的一个好去处——小花园。身边的同学们一般很少去那里，因为学兄、学姐都戏称那里是"恋爱园"，学校里新毕业的老师喜欢去那里,成熟的三年级学兄、学姐也喜欢去那里。也不知道为什么,穆恬今天也不管被同学看到后的风言风语了,他就是想去那里走走、坐坐。

快到百米长廊尽头的时候,穆恬隐约听到有扬琴的乐声。转过弯往右,乐声清晰了,演奏的是《浏阳河》。穆恬循着乐声往前,走到小花园那棵柿子树下,看到一个女同学正专心地敲打着扬琴。琴声悦耳,穆恬远远地停下脚步,陶醉在动听的乐曲声中。一曲完了,那女同学发现了穆恬,抬起头朝他一望。穆恬看到了那女同学清澈的眸子,只见她留的是典型的齐肩学生发型,刘海在微风中轻轻飘动,穿着深蓝色连衣裙,领子如海军衫那样宽宽的,雪白的装饰条勾勒出她苗条的身材。

这女生怎么到这里练习扬琴?难道她不知道这里被称作"恋爱园"?一连串的问题从穆恬的脑海中冒出来,他感到眼前的女生有着和校园中其他女生不一样的气质。他很想问问她的名字,但穆恬感到这太冒失了。更何况,就是在自己班级,男女同学也是不随便交流的。

孙睿、《扬琴梦》忽然从穆恬的脑海中冒出来。"从小,我就有一个梦,那是一个关于音符的梦……"穆恬情不自禁地朗诵起了刚才他编辑的那首诗歌来。"同学,你怎么会背我的诗歌呀?"穆恬分明看到了女同学吃惊的眼神。"你叫孙睿吧。""是呀,你怎么知道我的名字?""因为我编辑了你的《扬琴梦》,你的诗歌将在《盘溪》十月刊发表。""真的?你是……""我是校刊主编穆恬。"

……

那天怎么回教室上晚自习,怎么熄灯睡觉,宿管倪老师怎么因为大家熄灯后还大声喧哗而厉声责骂,穆恬都忘记了。他只记得自己怎么在小花园与孙睿说再见,以后怎么联系,穆恬要跟孙睿学扬琴,孙睿要跟穆恬学写作。

一学期不到，穆恬和孙睿所在的班级就有了传闻：他俩关系不正常。两个班级的班主任、专管学生的张教导，甚至穆恬最尊敬的语基张老师都找两人谈话，询问是否有此事，他俩都予以否认。同学和老师都没有找到什么确凿证据，也不再说什么。大家发现，穆恬的扬琴演奏水平突飞猛进，孙睿的诗歌频频在《盘溪》发表，两人分别有一首诗发表在了省级刊物《师范教育》上。

三

新毕业的王老师承担两个班级"文选与写作"的教学工作，一个是穆恬班，另一个就是孙睿班；也兼任孙睿班的班主任。王老师是一个帅气的大小伙，一米八的个儿，标准的国字脸。他讲课风趣幽默，浑厚的男中音加上标准的普通话，使他的课堂比播音节目还要吸引人。王老师很快成了男生的模仿对象、女生的梦中情人。可能因为刚走出大学校门，同学们感到王老师似乎有些"放荡不羁"。那天是穆恬他们班的文选课，上课铃响了好久，王老师还没有进教室。好在考入新苏师范的同学都是各校最优秀的学生，同学们都自觉地开始自学。约莫小半节课过后，王老师才匆匆小跑进教室，一边跟同学们打招呼，一边大口大口地喝了一通茶。喘了几口气才开口道："不好意思，迟到了，迟到了，早饭还没吃，教室里吃东西太不像话，只能带个茶杯'汤饱'了。"接着开始讲课，那天讲的是欲扬先抑。王老师跟大家解释了迟到的原因。他跟着一个披肩长发的女孩走了好久，看着她的背影，那如瀑的长发、婀娜的身姿，很想一睹女孩的芳容。踟蹰好久，终于下决心紧走几步，在与女孩并肩的一刹那，王老师转头一望，彻底失望——典型的腰子脸，还满脸雀斑。教室里一片笑声，同学们对欲扬先抑的写作方法终生难忘。

一天傍晚，小花园的柿子树下，孙睿敲打完一曲，穆恬也和了一曲。过后，他们一个坐在琴凳上，一个坐在柿子树下的假山上，相对而望。孙睿跟穆恬说起了王老师今天"汤饱"的情景，然后哈哈大笑。穆恬没有笑，陷入了沉思。

"穆恬，你怎么啦？"孙睿有些惊讶。

"哦，没什么。今天你们的课王老师迟到了，告诉你们遇到了一个披肩长发的女孩？"

"你怎么知道？"

"那天他在我们班也是这样说的。"

"王老师真了不起！原来这是他故意设计的教学方法啊。这样说来，他上课迟到也是故意的，也是欲扬先抑。"孙睿两眼放光，脸上满是敬佩的神色。

穆恬有些不悦，也说不清楚为什么，他想起了满校园似乎都在传说王老师是全校女生的梦中情人。孙睿见穆恬又一次沉默，想通过一个好消息使他高兴起来："穆恬，我想告诉你一个好消息。"

"什么好消息？快讲！"穆恬的情绪果然马上被调动起来。

"今年迎新年文艺晚会，我有一个节目。"

"这有什么了不起，你们音师班的同学表演节目天经地义，更何况，你是你们音师班扬琴演奏第一块牌子。"

"我将与一个人合作那个节目。"

穆恬愣了一下：不会是孙睿邀请我一起表演吧，如果那样就太好了！

"你猜，是谁跟我合作？"孙睿更加兴奋起来。

"肯定不是我。"

"那当然，一般没有两个扬琴合奏的。"

穆恬心里的猜测被彻底否定，也就没有兴致再猜，他又一次沉默。

"是和我们的班主任王老师合作！"

"啊？教我们文选的王老师？"这次轮到穆恬吃惊了，"他是大学文科生，他也会扬琴？"

"跟你说两个扬琴不可以合奏的，你知道吗？王老师之所以做我们的班主任，是因为他在音乐方面也很有天赋，他的二胡拉得可好啦。"

"哦……我知道了。"穆恬几乎有点心不在焉了。

说实在话，穆恬很喜欢听二胡独奏，去年教他们音乐的朱老师就在迎新晚会上演奏了一曲《二泉映月》，扬琴伴奏是另一位音乐老师，两人的演奏珠联璧合。而且，同学们都知道，朱老师毕业于南京师范大学音乐系，他的二胡毕业成绩，到目前为止还没有校友超越。难道王老师在二胡演奏方面能与朱老师媲美？而且还邀请孙睿以扬琴伴奏。穆恬心里有些不悦。

那天两人柿子树下的相约似乎笼罩了一丝阴霾，穆恬知道这是不应该的，但他似乎也做不了自己的主。在穆恬看来，孙睿似乎有些没心没肺，竟然哼着小曲去教室晚自习去了。

1985年新苏师范学校迎新文艺晚会如期举行。食堂变成了礼堂，幼师班同学用自己的巧手制作的各种彩纸图案将整个礼堂装扮得十分喜庆。参加演出的同学都穿上了盛装，在大多数同学清一色灰色校服的衬托下显得更加夺目。穆恬没有节目，穿的当然是灰色校服；孙睿要和王老师合奏，穿戴得很是靓丽，淡绿色的锦缎上衣在灯光的照射下闪着耀眼的光彩，她还化了淡妆。穆恬坐在同学中间一眼就看到了孙睿，按理，他此刻应该相当开心。可是，他却怎么也开心不起来。

演出开始，独唱、合唱、舞蹈，节目精彩纷呈，礼堂里喝彩声不断。"下面，将为我们演出的是音师班班主任兼文选老师王老师。大家猜，他为我们带来的是什么节目？""诗朗诵。""评话。"……"不，王老师给我们带来的是二胡独奏

《二泉映月》，伴奏孙睿。让我们掌声欢迎！"台下掌声如潮，大家都想不到王老师还有这一手。悠扬的二胡声起，扬琴无痕地跟上。在穆恬眼前，仿佛真的有缓缓流淌的二泉，随即月儿渐渐升起；月儿被乌云遮住，她努力地摆脱着乌云，二泉的流水声似乎也响亮起来；月儿终于冲破云层，升上中天，二泉快乐地流向远方……那是王老师的二胡声告诉他的，更是和谐的扬琴声给予他的丰富想象。音乐戛然而止，礼堂里鸦雀无声。静了一会儿，便是雷鸣般的掌声。穆恬看到王老师轻轻拉着孙睿的手谢幕的情景，他的心中又一次响起了《二泉映月》。

此后那段日子，穆恬和孙睿几乎没有什么接触。

直到寒假前，学校评选文明宿舍，被评到的宿舍成员，学校组织他们到观前街光明影剧院观看电影《邮缘》。音师班的大部分宿舍被评上了，穆恬他们班只有两个宿舍被评上，而他所在的宿舍因为进步特别大被评上了。马上放假了，同学们像快乐的小鸟一样结伴去观前街观看《邮缘》。

电影观看结束，在回学校的路上，穆恬听到隔壁班的同学们都在大声喊着："小溪……""哎，梅英！"那不是电影中热恋的男女主人公的名字吗？他们发疯似的一遍遍喊着干吗呢？穆恬向隔壁班一个同学打听，才明白了其中的缘由。原来隔壁班的一对男女同学关系不一般，男的是薛同学，女的正好叫"梅英"。了解到这一信息，穆恬心中忽然产生了一种冲动，他想在寒假前约孙睿好好谈一次。

第二天就是本学期最后一天了，吃过晚饭，穆恬走出食堂往宿舍走，想着利用什么机会约一下孙睿。走下食堂台阶正要转弯时，看到孙睿等在那里。孙睿迎上来："穆恬，我们王老师让我和你现在到小花园柿子树下去一趟。""王老师让我们去？"穆恬丈二和尚摸不着头脑。"嗯，走吧。"孙睿笑得特别甜。

两人来到小花园柿子树下，王老师已经等在那里了，和王

第二辑 五石

老师在一起的还有一个与王老师差不多年纪的小姐姐。"王老师好！"穆恬和孙睿异口同声。"好好，你们来啦。"王老师微笑着说道，"介绍一下，这是苏州二院的曹医生，是我的女朋友。"王老师如此坦率，倒使穆恬和孙睿有点不好意思了："曹医生好！"四个人坐下来，随意地聊着。直到夜自习的铃声响了，穆恬和孙睿要先行离开去上课了。"我们还要聊一会儿，你们先去吧，两个人要好好相处啊。"王老师朝他们挥挥手，漂亮的曹医生也用不一般的眼神目送着他们。

"两个人要好好相处"，这句话一直在穆恬的耳边回响。

四

对于穆恬来说，1985年的那个寒假似乎特别漫长。

穆恬从小是个乖孩子，读书特别用功，成绩一直都很优秀，这也使穆恬的父母为儿子而自豪。从意识到父母对自己的厚望——"书包翻身"开始，穆恬总是把假期作为超越同学的好时机，他会利用这段时间集中学习，做题目，大量阅读，写文章投稿。因此，穆恬假期里除了到苏州新华书店去购书，一般是不出门的，就连村上的发小也很少接触，更别说出远门旅游了。穆恬去的最远的地方就是苏州城。

但是，在这个寒假，穆恬却有些反常。

刚放寒假的那几天，穆恬总是在自己的小书房发呆，甚至已经被父母发现了。那天，穆恬捧着一本《古文观止》，视线却游离了书本。穆恬的父亲进来了："恬恬，这几天怎么总是发呆啊？"

"没有，我正在背诵古文呢。"穆恬尽量掩饰着。

"别瞒我了，我看你好长时间了，书一动没动，眼珠子定洋洋的。"

"我在思考。"穆恬不想把心事告诉父亲，因为父亲在穆恬眼中一向是严厉的,而且还有点封建。

父亲走出去了,穆恬多么想把心事说出来啊,可是,这心事讲给谁听比较合适呢?穆恬还有一种冲动,想一个人乘火车去一趟镇江丹徒,去见见孙睿。尽管寒假开始才几天,穆恬却感到已如隔三秋。但他马上否定了自己的想法,父母都不会答应的,而且从小到大,他还没有乘过火车呢。

离春节越来越近了,家中的年味也开始浓了。家里杀了猪,红烧肉、油豆腐、百叶包肉、肉汤笋干等都已经准备好了。要是以前,穆恬会频繁出没厨房间,用手抓点东西吃吃,父母也会因此感到高兴。可今年厨房间的年味一点都吸引不了穆恬。

在社办厂上班的姐姐小年夜开始放年假,一早从厂里搬回来住了。姐姐的回来,给穆恬带来了快乐。穆恬是姐姐带大的,他和姐姐无话不说。姐姐来到穆恬的小房间,穆恬把自己的心事告诉了姐姐。姐姐听了很开心,但她没有表态,而是告诉穆恬等会儿有个客人要来家里。穆恬是个聪明人,从姐姐说话时的表情和微红的脸,他猜测"等会儿要来的那个人"对于姐姐来说一定是一个不一般的人。

听到了清脆的自行车铃声,姐姐赶忙迎出去,穆恬和父母一起来到门口,是一个帅小伙,穿着当时少有的皮夹克,天然曲的头发梳理得很整齐,浓眉大眼——眼睛还特别有神,骑的车子是当时得凭票购买的永久牌自行车,崭新的自行车锃亮锃亮的。姐姐马上把帅小伙介绍给父母,小伙子很有礼貌地称呼着"叔叔阿姨好"。

"这是我弟弟穆恬。"姐姐向帅小伙介绍道,"这是我们厂里跑供销的余新。"

"穆恬好,你在新苏师范读书吧。"帅小伙微笑着同穆恬打招呼。

穆恬刚才的想法一下子就被证实了,那是姐姐的男朋友。

这一天，穆恬一直和姐姐及余新在一起。余新与穆恬似乎很有缘分，一下子就熟悉起来了。傍晚余新将回去的时候，穆恬和余新已经是"哥哥""恬恬"相称了。

姐姐在热恋中，不是她去余新家，就是余新来穆恬家。姐姐一直带着穆恬，穆恬愿意做这个电灯泡。大年初一，三人一起登灵岩山祈福。来到灵岩山寺后面的平台上，微风徐徐，已经不那么刺骨。姐姐把穆恬的心事告诉了余新，余新使劲一拍穆恬的肩膀："好啊，小子，比我还行，18岁就有女朋友了。"

这么直白的话穆恬还是第一次听到，他绯红着脸："哥哥，哪是女朋友啊，是学妹。"

"别躲闪了，老实交代，发展到哪一步了，有没有挽过手啦？"

"哪能这么简单啊！"穆恬感到很吃惊，"我们只是一起学习扬琴和写作。"

"你会扬琴？明天我去帮你买一台。"

第二天傍晚，这个未来的姐夫真的送来了一台崭新的扬琴。晚上，姐姐和余新到镇上看电影去了。穆恬敲打了一曲《浏阳河》，仿佛又来到了学校的小花园。一个念头闪现：去镇江不现实，给孙睿写封信吧。

穆恬摊开信纸，在称呼上琢磨了好久，终于决定还是以正规的姓名相称。他把寒假的无聊尽情地表达，告诉孙睿，姐姐恋爱了，并且非常含蓄地表达了他对孙睿朦胧的感情："没有你在的日子，我感到好空虚，真想马上来到你的身边，一起聊聊文学，敲打扬琴……"

信寄出了，穆恬开始了漫长的等待。他每天都会去村委会传达室询问是否有他的信。5天过去了，6天过去了……10天过去了，一直没有等到回信。正当穆恬感到孙睿不会给他回信的时候，一封来自镇江丹徒的信由村委会看门的老唐送到家里来了，穆恬开心地"谢谢唐爷爷，谢谢唐爷爷"，反复了好几遍。

穆恬打开信封的手有些微微颤抖，打开信纸，熟悉的娟秀的笔迹出现在穆恬眼前。

"穆恬，见信好。"穆恬的心跳加快了。

"这个寒假我过得特别开心，知道为什么吗？因为我们音师班在镇江的几个同学年初五聚了一次会，跟你很要好的石海涛简直给我们带来了个人演奏会……"似乎整封信的内容，孙睿都在描述石海涛的本领，从字里行间，穆恬读出了孙睿对石海涛的佩服和好感。穆恬读着读着，感到心有点凉了。

寒假快结束了，穆恬越发感到心灰意冷。这也好，他又一头扎进书本和写作中去了。

五

开学第一天，只是报到注册，还没有正式上课，吃过午饭就自由安排了。苏州本市的同学还留恋着家里，上午注完册就回家了。食堂吃午饭时，大家也是自由组合，一般来自同一市县或者平时比较要好的坐一桌。穆恬很矛盾，很想跟自己班级的好友坐一桌，但他有件心事，需要找石海涛解决。于是，他神不知鬼不觉地坐到了石海涛他们一桌。

石海涛在音师班是一个活跃分子，他掌握着三五样乐器的演奏技能，文采也特别好，是中师一年级为数不多的参加盘溪文学社的一员，他还喜欢体育运动，篮球打得好，足球也踢得不错。但他总是一副油腔滑调的样子，因此来自农村的成绩优秀的中师生都不太想和他打交道。

穆恬却和石海涛相交甚好，一则两人的爱好相同，二则穆恬与音师班的孙睿关系不一般。穆恬和石海涛结交，有他的目的。一学期混下来，两人已经是"恬师兄""涛师弟"相称了。

但令穆恬想不到的是，在寒假那封信里，孙睿对石海涛那么赞赏。他俩之间是否……因此，他想到石海涛桌上探探风。

看见穆恬端着饭菜来到自己桌，石海涛亲热地招呼着："恬师兄好！"其他来自镇江的同学也一起向穆恬问好——穆恬在师范里好坏也是比较有知名度的才子一位。

"恬师兄过了新年更帅气了，新春里有没有找到女朋友啦？"石海涛又显出了他的本色，一桌的师弟都哈哈大笑起来。

"你这油嘴滑舌的东西！"穆恬嗔怒道，"我正想来问问你在寒假是否找到女朋友呢。"

满桌又是一片笑声。

"听说你们音师班在镇江同学聚会啦？"穆恬假打听，真问信。

"你怎么知道？"

"是呀，你在吴县，怎么知道我们镇江的同学的信息？"

大家七嘴八舌，都感到好奇。

"是孙睿写信告诉他的。"石海涛用贼溜溜的眼神使劲盯着穆恬。

穆恬从石海涛的眼神中看出来，石海涛是来套他的。

"哪里，我镇江有亲戚，那天去金山寺我看见你们了，只是没有和你们打招呼，因为你们正围着开演奏会，不想打扰你们。"想不到，穆恬就这样把这帮小师弟忽悠了。

"那天石海涛表现特别好吧？赢得了不少女生的媚眼吧？"穆恬开始了他的计划。

"不谈这个，不谈这个。"石海涛不停地摆着手。

"嗯，这家伙就好表现自己，我们都不想谈他。"

过后，镇江的那帮小师弟们聊起他们感兴趣的东西来，至于穆恬想了解的石海涛与孙睿的关系，却一点也没有消息。

新学期第一个周六的下午，穆恬没有回家，他想约孙睿聊聊。他想了解孙睿和石海涛之间的关系，他想和孙睿一起聊聊他们共同喜欢的诗歌和扬琴，他想和孙睿……反正想聊的东西很多。

初春的周六夜晚，苏州大市的同学们都回家了，学校里留下的只是苏州市外的同学，本来热闹的校园变得冷冷清清。已经是正月底了，天上没有月亮，这反而使繁星越发的明亮，星星调皮地眨着眼睛。穆恬拿着一本《徐志摩诗选》向学校小花园慢慢走去。音师班所在的教学楼四楼传来扬琴的演奏声，演奏的是名曲《梅花三弄》。穆恬想起了东晋桓伊《梅花三弄》的歌词来：

> 梅花一弄戏风高，
> 薄袄轻罗自在飘。
> 半点含羞遮绿叶，
> 三分暗喜映红袍。
> 梅花二弄迎春曲，
> 瑞雪溶成冰玉肌。
> 错把落英当有意，
> 红尘一梦笑谁痴。
> 梅花三弄唤群仙，
> 雾绕云蒸百鸟喧。
> 蝶舞蜂飞腾异彩，
> 丹心谱写九重天。
> ……

穆恬能敏感地分辨出来，这一定是孙睿在敲击扬琴，他已经熟悉孙睿的琴声，而且他比约定的时间早了半小时去小花园。悠扬的琴声和他默默念着的歌词，与他的心境竟然如此吻合。

"你小子18岁已经有女朋友啦！""有没有搂过女朋友的

手啦？"……未来姐夫的那几句话一直在穆恬耳畔回响着。他想起了在哪本杂志上看到的乌托邦式的爱情，难道他与孙睿的所谓的恋爱是乌托邦式的恋爱。

"穆恬，你来啦。"正在穆恬沉思的时候，孙睿按时到来。

"孙睿，你好准时啊。"穆恬的千言万语忽然被什么淹没了，差点就说"今天天气真好"了。

"找我有什么事吗？"过了一个寒假，孙睿与穆恬似乎有些生疏了。

"我，我……"

"有什么话就说，别遮遮掩掩的。"

"我想送本书给你，是你喜欢的徐志摩的诗集。"

"哦，真的！谢谢你。"孙睿很开心地从穆恬手里接过《徐志摩诗选》。

两人有一句没一句地聊着，穆恬感到如喝着无味的白开水。他想往白开水里放点什么有刺激味的——他想向孙睿打听她与石海涛的关系，但他终于没有鼓起勇气。只是很浪漫地为孙睿背诵了一首徐志摩的爱情诗《雪花的快乐》：

假如我是一朵雪花，
翩翩的在半空里潇洒，
我一定认清我的方向——
飞扬，飞扬，飞扬——
这地面上有我的方向。
不去那冷寞的幽谷，
不去那凄清的山麓，
也不上荒街去惆怅——
飞扬，飞扬，飞扬——
你看，我有我的方向！
在半空里娟娟地飞舞，

认明了那清幽的住处，

等着她来花园里探望——

飞扬，飞扬，飞扬——

啊，她身上有朱砂梅的清香！

那时我凭借我的身轻，

盈盈地，沾住了她的衣襟，

贴近她柔波似的心胸——

消溶，消溶，消溶——

溶入了她柔波似的心胸。

开学初一个月，穆恬除了在文学社听课、编辑《盘溪》时能够忘却心中的烦恼，其他时间都感到无精打采的。本来，他还有一个渠道解闷，那就是敲打未来姐夫送给他的那个扬琴。哪知道不敲还好，一敲扬琴，孙睿和石海涛仿佛立即来到了他的面前。他已经不太敢敲打扬琴了。

还是未来姐夫好，烟花三月的一个星期天，穆恬正在他的小房间透过窗户看着窗外粉红的桃花，余新来到穆恬家，给他带来了一辆崭新的飞翔牌自行车，说是送给未来的小舅子去苏州上学用的。这下子，穆恬再也不用掐着点挤一天只有三班的公交车了，如果乘公交车，就选末班车，一般三点就要出门了，在家的时间实在太短了。再说了，在他们新苏师范，就是苏州城里的同学也没有几个骑自行车上学的，他这个郊县的学生能够骑车上学，这是多么拉风的事情啊。

果然，那个星期天傍晚，当穆恬花了两个多小时骑到学校，不仅同班的很多男生用羡慕的眼光看着闪亮的自行车，就是其他班级的同学也来了，当然少不了他的小师弟石海涛。

石海涛问穆恬借自行车是穆恬意料之中的事情，因为这小子喜欢出风头。同时，穆恬也了解到，每周二和周四，石海涛的父亲为他在苏州找了一个吉他师傅，他要去师傅那里学吉他。因为这辆自行车，石海涛和穆恬的关系更铁了，这也是精明的穆恬所需要的。

一天晚饭过后，石海涛又问穆恬借自行车。穆恬把钥匙给他后，说要送一本书给他。石海涛接过深绿色封面的厚厚的书，是《普希金抒情诗选》。

穆恬问石海涛："涛师弟，知道我为什么送这本书给你吗？"

石海涛平静地说："你知道我喜欢普希金的诗呗。"

"哼，你师兄没那么简单的。"

"那是为什么呀？"石海涛满脸疑惑。

"你知道普希金是怎么死的吗？"

"这还用问，是有人追逐他妻子，他与那人决斗而死。"

"好，我们师兄弟不说外人话，你知道我喜欢你们班哪位女生的吧？"

"师兄，别人不知道，我可知道。是我表姐孙睿呗。"

"孙睿是你表姐？亲表姐吗？"

"是啊，她爸是我舅舅，你不知道啊！不然，为什么我们俩都喜欢乐器，扬琴都敲得那么好呢？"

"你小子，怎么不早说啊！"

"恬师兄，我要迟到了，谢谢你的书啊。"石海涛不再与穆恬纠缠，骑上车一溜烟出了校门。

那个晚上，好像是穆恬接到孙睿回信后睡得最香的一夜。

六

新苏师范传统项目，师范二年级得"三字一话"（毛笔字、钢笔字、粉笔字和普通话）过关。如果二年级过不了，那只能三年级时和下一届的学弟学妹们一起过关。都是以初中学校前几名考入师范学校的同学，自尊心很强，个个下定决心要在二年级过关。这个阶段，大家都在暗暗使劲，有的苦练书法，有的反反复复地朗读着名篇。

穆恬其他项目都比较自信，就是毛笔字怎么也写不好。书法老师教的"永字八法"，他只有最后一笔有点韵味，这还是必须描上几笔，那个捺脚才能施展出来，其他七笔就是不听他的使唤。当然，"永字八法"写不好，其他字的笔画就写不到位了。所以，这阶段，穆恬一有时间就练习毛笔字。有时，在他认为不很重要的心理学、教育学课上，他还在用铅笔双勾练习着毛笔字的笔画。

和穆恬一个初中校毕业的女生顾琴娥书法了得，她爸爸是中国书法家协会会员，不光在湖湾镇大名鼎鼎，就是在苏州市乃至江苏省都很有名气，而且诗书画都拿手，尤以书法出名。

穆恬清楚地记得，他和顾琴娥一起考取新苏师范，报到那天，穆恬和顾琴娥的爸爸分别送孩子上学，班主任徐老师也一起随行。报到注册后，他们在出校门不远的东大街一个小饭店一起吃了饭。那天，徐老师和两位爸爸都很兴奋，穆恬记得两位爸爸还喝了一点小酒，红光满面。兴奋之余，顾琴娥的爸爸说了这么一句话："你们俩从初一同学到现在，接下来三年师范同学，要互帮互助，好好相处。"班主任徐老师望着两个爸爸和两个孩子，还接了这么一句话："对，两个人要好好相处。"徐老师说完，故意盯着两位爸爸又补充道："两个孩子都聪明，是很好的一对呢。"穆恬的爸爸没说什么，或许他觉得自己孩子是乡下的，而顾琴娥家至少在小镇上，而且他爸爸又是名人。倒是顾琴娥的爸爸借着酒兴，望着穆恬的爸爸，又望着两个孩子乐呵呵地说道："嗯，是一对，一对，蛮好，蛮好……"

师范已经读了两年了，顾琴娥对穆恬一直很友好。有时回家，顾琴娥还主动为穆恬买好长途汽车票，邀请穆恬一起走。穆恬对顾琴娥的印象也不错，她人长得漂亮，标准的鹅蛋脸，总是微微笑着，在学了美术鉴赏"永恒的微笑"以后，他觉得顾琴娥真的很像达·芬奇笔下的蒙娜丽莎。穆恬特别佩服的是顾琴娥也是诗书画样样皆能。但就是在班主任徐老师称他们是很好的"一对"方面，穆恬总是不认可。在穆恬看来，从初一开始和顾琴娥同窗到今天，两人同时从懵懂无知到青春萌动，他和顾琴娥能够成为很好的同学，或者很好的朋友，他比顾琴娥稍大，两人还可以以兄妹相称，但怎么也没有徐老师所说的"一对"的感觉。

如今"三字一话"过关测试在即，穆恬苦练毛笔字这一短板的情景，顾琴娥早已注意到了，但她不愿意主动去跟穆恬说"要不要我来帮帮你"。

顾琴娥清楚地记得，一个星期六下午，女同学要排练一个节目，本来一直是顾琴娥主动为穆恬买汽车票的，这次她想让穆恬带一张车票。她兴冲冲地来到长廊找穆恬，看见穆恬正和音师班的孙睿在讨论《盘溪》的用稿事宜。

顾琴娥打断了一下："两位对不起，打断一下，穆恬你中午帮我带一张汽车票吧。"

"你没有看到我已经骑车上学了吗？"穆恬好像有点不耐烦。

"哦，真的忘记了，我们今天下午排节目，没时间买车票，你们在南门车站乘车的弟兄能不能帮我带一张？麻烦你了。"顾琴娥继续微笑着。

"哎呀，你烦不烦哪！你们姐妹肯定也有在南门车站乘车的。"

"你这人怎么对同学这个样子呀！"站在一边的孙睿都有点看不下去了。

"就是，就是，你看，孙睿师妹也看不过去了。"

"顾琴娥，好了，好了，我们还要讨论校刊用稿呢。"

顾琴娥收起笑容，很尴尬地走了。

像这样不耐烦的情景，两年来顾琴娥已经遇到好多次了，而且一般都是穆恬和孙睿在一起讨论工作或者其他事情的时候。顾琴娥凭少女的直觉，知道穆恬喜欢上了孙睿。但是她不在乎，她想到的只是，她和穆恬已经五年同窗，再怎么样，同窗情总是在的。因此，她好几次想问，在毛笔字练习方面，需不需要帮助，但她最终还是没有说，万一穆恬不需要呢。

那天下午连续两节自习课，学校安排穆恬他们班到学校阅览室阅读。因为还有一周就要"三字一话"测试了，穆恬便留在教室专心练习两节课毛笔字。教室里鸦雀无声，穆恬静静地练习了好久，感到脖颈酸了，才抬起头将脑袋转了几圈。他惊奇地发现顾琴娥站在他后面看他练习书法。

"穆恬，你太专心了，我在你背后看了你快一刻钟了，你竟然没有发现我！"

看到顾琴娥盯着他写的字，穆恬不好意思地挠挠头："这毛笔字，我总是不开窍，怎么练习也练不好，不知道下周测试能不能过关呢。"

"那，要不要……"顾琴娥欲言又止。

"你的意思是，你愿意指导？"穆恬感到有些意外，他也联想到了几次对顾琴娥不友好的态度。

"嗯！"顾琴娥点点头，"不知道你需不需要？"

"需要，需要！"穆恬一个劲地点头。

顾琴娥是回教室拿忘了带的摘记本的，现在既然穆恬提出让她教书法，她也就不再去阅览室。她搬来一条凳子，坐在穆恬身边，看着练习字帖，开始耐心地教穆恬练习。说也奇怪，有顾琴娥在身边，穆恬的心似乎更静了。他在顾琴娥的指导下认真练习着，很多诀窍真的很管用。有时，穆恬不能领会顾琴娥的意思，顾琴娥会接过毛笔示范。"走之底""横折折撇"和"横捺"，穆恬怎么也写不好看。顾琴娥索性握着穆恬的手练习，终于写成了，两人相视一笑。松开穆恬的手，顾琴娥的脸蛋微微发烫。

两人就这么认真地练习着，一节课下课了，顾琴娥提醒穆恬休息一下，穆恬正在兴头上，怎么也不愿意停下来。

孙睿有篇稿子要征求一下穆恬的意见，她来到穆恬班的教室外，正要走进教室，眼前的一幕让她有些吃惊。穆恬和顾琴娥坐得那么近，两个脑袋几乎要靠在一起了，还不时相视一笑。孙睿摇摇头，悄悄离开了。

"三字一话"测试终于结束了，穆恬和其他四个班级的大部分同学一样，都顺利过关。穆恬好激动，他有两个想法：一是得好好感谢顾琴娥，毕竟是老同学，在她的指导下，他的毛笔字竟然以"良好"过关。二是得把这个好消息告诉孙睿，并且要把已经积了灰尘的扬琴拿出来好好敲一敲了。

穆恬特地骑着他的飞翔牌自行车去了一趟观前街，到古吴轩买了一枝大白云毛笔，这是感谢顾琴娥的；还去新华书店买了一本卞之琳的诗集，因为他了解到孙睿这阶段正对这位诗人很痴迷。

穆恬在教室很大方地把大白云送给了顾琴娥，顾琴娥也毫不客气地接过了穆恬赠送的毛笔，并表示：非常喜欢。教室里，同学们一片掌声。

之前，穆恬已经请石海涛传话，乘晚自习两节课之间20分钟的休息时间，在长廊与孙睿见一面。第一节晚自习下课的铃声刚响，穆恬马上拿了卞之琳的诗集狂奔到长廊约定的地方。他以为孙睿应该早到了，因为音师班教室就在长廊边上。但他等了5分钟，孙睿没来；等了10分钟，还是没见孙睿的影子；直到第二节课的上课铃响，他也没有等到孙睿。他只好沮丧地回教室继续上自习去。

晚自习结束回宿舍，尽管同学们一直在拿大白云和穆恬开玩笑，但穆恬却一声不响。回到宿舍，大家惊喜地发现，比他们大两届的白师兄出现在他们宿舍里。白师兄在校读书期间，是很多男生的偶像，篮球打得好，是学校篮球队唯一能扣篮的队员；他是学校田径队的队员，主要项目是跳远和200米短跑，跳远能空中跨步。白师兄是曾经的学生会体育部长，他成绩也很好，而且多才多艺，唱、跳、弹样样皆能。不过，白师兄有个"污点"：学校组织同学到杭州去参加社会实践活动，白师兄和一个女同学在西湖边谈恋爱，据说被张教导抓了个现行。本来他应该留校或者被保送去高校读书的，就因为这个"污点"，他被分配在一个中心小学任教。

"师弟们，今天我睡在你们宿舍了，我知道，你们宿舍里住在苏州金太史巷的师弟浩浩今天回家了。"白师兄竟然对穆恬他们宿舍的情况了如指掌。

白师兄的到来，使本来沉闷的穆恬暂时兴奋起来，因为他有一件事情想请教白师兄，但这事情，穆恬不知道怎么开口。

"白师兄，跟我们讲讲工作情况吧。"穆恬说道。

"哟，穆恬开口啦，刚才好像一只瘟鸡嘛。"

"穆恬大概是想听听白师兄的恋爱史吧。"

"白师兄，那你就讲讲恋爱史呗。"

同宿舍的同学们纷纷起哄。

"各位兄弟，理想是美好的，现实是残酷的。知道你们师兄我一月赚多少吗？"

"应该有一百吧？"

"肯定不止的！"

……

"说出来你们不要师范都读不下去，我每个月赚53.8元。"

"啊，才那么点啊，我们师范的补贴还20多元呢。"

"你们不是要我讲恋爱史吗？"

"对，嫂子找好了没？"穆恬挺积极。

"嫂子个屁！我爸爸妈妈一定要我找居民，我们镇上没结婚的居民小丫头总共不满5个，其中2个也是老师，不肯下嫁男性老师的。找社办厂的女工吧，她们的工资是我的3到5倍，看来，你们师兄我是要打光棍了。"

宿舍里一阵沉闷。

"师弟们，你们现在还有一条路可以走：从今天开始用功，争取一年狂补，和初中的同学一起参加高考，离开教师这个岗位。你们要有决心，当初我们考师范的同学比考上四星级高中的同学分数要高出一大段呢。"

……

师兄的鼓动还在继续，穆恬和他的同学们已经完全静默了。

七

已经近23:00，宿管处的倪老师记不得催了穆恬多少次了："穆恬，回宿舍休息吧，心急吃不得热豆腐的。"穆恬正被一道数学难题卡住，手边的草稿已经积了很高的一堆了。他仿佛回到了两年多前的初中，中考之前也是这样拼命的。穆恬帮助倪老师管理男生宿舍，他把考大学的愿望跟倪老师说了以后，倪老师就网开一面，每天熄灯以后让穆恬在宿管处再用功一两个小时。倪老师了解穆恬的牛脾气，不解出题目决不罢休的，只好无奈地先行睡下，很快就有了轻微的鼾声。但是，这对穆恬丝毫没有影响，穆恬总感到有使不完的劲，越是难的题目，他越是喜欢，因为战胜难题后的愉悦感是其他任何事情都无法相比的。

第二天早晨5:30，穆恬准时起床。他悄无声息地洗漱完毕，来到操场开始早锻炼。穆恬清楚，没有足够的体力，就没有充沛的精力。新苏师范的操场是蹩脚的烂泥地，下雨天留下的脚印使穆恬在跑步时深一脚浅一脚。不过没有关系，穆恬是喜爱这所学校的,因为这里有他喜欢的文学、喜欢的扬琴,这里有他崇拜的老师、崇拜的同学……爱屋及乌,穆恬对整个校园都是喜爱的。他对这所学校的每个角落都熟悉,两三百米的烂泥操场,深深浅浅的地方他都了如指掌。在坑坑洼洼的烂泥操场跑步,穆恬想到了他在这所学校学习的坎坎坷坷,特别是那天白师兄在他们宿舍的一番言词,使穆恬感到了在这所学校学习的迷茫。

　　背上已经微汗,穆恬向教室走去。教室里已经亮了灯,有几个和穆恬有着一样志向的同学已经开始用功了。新苏师范不学英语,这是这所学校的所有同学都感到遗憾的事情,他们相当于只有初中三年的英语水平。而从发展的形势来看,英语正显得越来越重要。不要说别的,高考就必须考英语,但初中三年的英语水平怎么去参加高考呢?穆恬初中三年的英语学得非常好,中考以59.5分(满分60)位居全县并列第一。他特别感谢他初中的英语老师,音标教得非常到位,这使穆恬自学英语相当顺利。他轻轻地走进教室,几位用功的同学都专心得没有发现穆恬的到来。穆恬已经习惯了,等一会儿有同学进来的时候,他一定也已经沉浸在26个字母的排列组合中,忘记周围的一切了。

　　早餐结束,穆恬正赶往教室,准备在正式上课之前再用功一段时间。后面有人在招呼他:"恬师兄稍等!"是石海涛。他气喘吁吁地赶上穆恬,塞给他一张折叠得很有艺术感的纸:"我表姐的,打开看的时候要注意周围的动静哦。"石海涛总是那副猴样,话刚说完,扮个鬼脸一阵风似的离开了。

　　是孙睿让石海涛递的纸条!孙睿为什么不自己给呢?再说了,有什么事情,当面说不就可以了吗?这阶段穆恬一头扎在高中数学和英语之中,似乎已经把孙睿给忘记了。当然,姐夫买给他的那台扬琴也扔在琴房好久没敲了,一定积了很厚的灰尘。至于盘溪文学社的事情，因为发展了好些新成员，穆恬只要稍微指导一下就行。文学社的张老师也知道穆恬的志向，很多事情都让其他同学完成了。

穆恬看着手中折叠得很有艺术感的纸，那纸仿佛折成了"心"形。这"心"形唤醒了穆恬内心的某种冲动。他来到离教室比较远的一个偏僻的地方，小心地打开，开始阅读。一上来就是一首诗：

> 我等候你。
> 我望着户外的昏黄
> 如同望着将来，
> 我的心震盲了我的听。
> 你怎还不来？希望
> 在每一秒钟上允许开花。
> 我守候着你的步履，
> 你的笑语，你的脸，
> 你的柔软的发丝，
> 守候着你的一切；
> 希望在每一秒钟上
> 枯死——你在哪里？
> ……

是徐志摩的《我等候你》。

继续往下看：

"穆恬，我觉得你似乎变了一个人。我在猜想，你这阶段一直在想些什么呢？好久没有听你敲击扬琴了，我学习的一首新曲以为你会在意，那天我在小花园的柿子树下敲了好久，连我自己也陶醉了。我以为你会来，但直到天色渐暗也没有等到你。《盘溪》编辑部你也很少来。你究竟怎么啦？

"有件事情我想问问你，今天晚饭后你是否有时间，我们在柿子树下见一面,可好? 傍晚5点,等你。"

按理,此时穆恬的心应该会像小兔一般狂跳。但是,穆恬自己也不知道怎么了,他对孙睿的文字竟然一点都没有感觉。他甚至不想去小花园的柿子树下,计划中今天还有很多难题在等着他呢。

不过,出于礼貌,还有其他自己都说不清道不明的理由,穆恬还是按时来到了柿子树下,孙睿已经早早等候在那里了。又是一个早秋,天气还热,孙睿很用心地穿了他们第一次见面时的深蓝色、白边的连衣裙,静静地坐在柿子树下的小石凳上。

"孙睿,你早到啦。"

"嗯,你真准时。"

"刚吃好晚饭,马上就赶来了。"

"哦……"

……

接下来竟然是30来秒的沉默。

来自镇江的孙睿虽然是女生,但比苏州小伙子穆恬更直接些:"穆恬,我感到你对我的态度有点变了,能说说为什么吗?"

"没……没有啊……我们依然是好朋友。"

"你们班的才女顾琴娥是和你一个初中考出来的吧。"

"是啊,你刚知道?"穆恬不知道孙睿的用意,有些疑惑不解。

"我随便问问的,我看你们俩挺亲热的。"

"没有,我们只是普通的同学关系。"

"手把手教书法还普通啊。"孙睿的声音有点往上提。

穆恬并没有体会到孙睿的话中话:"没有啊,只是前阶段'三字一话'过关她帮了我一下。"

又是一阵静默。

"穆恬，有个好机会，不知道你是不是想争取？"

"什么好机会？"

"你猜。"

穆恬忽然想到了他的数学题，有些不耐烦地说："我忙着呢，你别卖关子了，直接告诉我得了。"

孙睿感到穆恬一点情调都没有了，但她迅速平静下来："当时辅导我们扬琴的宋老师，我们镇江有名的扬琴演奏艺术家，这个星期天要到苏州来，和苏州的扬琴爱好者搞一次联谊活动，我想请你一起去见识见识。"

"真的？"

"嗯，你答应啦？"

"哦，不行，这个星期天我有事。"

"有什么事情比你深爱的扬琴还重要吗？"

穆恬不想把他想考大学跳出教育领域的想法告诉孙睿，他支支吾吾地说道："这个星期天……我家……我家有重要的事情。"

穆恬说了一个谎，因为他已经和顾琴娥约好，这个星期天他要去她家。顾琴娥的哥哥顾琴刚正读复旦大学大一年级，他是去年高考以他们高中数学第一名的成绩考上复旦的。顾琴娥见穆恬攻克数学决心那么大，提出可以向她哥哥请教自学数学的方法。正好顾琴娥的哥哥这个星期天要回家，所以这个星期一他们就约好要去顾家。

"那就算了，你忙去吧，我也要回班级上晚自习了。"孙睿扫兴地说道。

两人默默地走进长廊，往日一直互相说着"拜拜"各自往教室的，这次没有听到"拜拜"，只有各自沉闷的脚步声。

八

穆恬妈妈关照的，去人家做客要懂礼数，要带点礼物。穆恬知道顾琴娥家有一位近90岁高龄的奶奶，于是，他骑着他的飞翔牌自行车先拐去了湖湾镇。说是镇子，其实就两条小街，一条通向湖湾河，一条就在湖湾河边，美其名曰下塘街。通向湖湾河的小街口有两个水果摊，穆恬很羞涩地从水果摊上选了一串香蕉，而后他又来到下塘街的百货商店，买了几盒酥饼和麻酥糖——这些都是老人爱吃的。因为穆恬的外婆也是80好几的老人，娘舅公公从苏州下乡看外婆的时候，经常带这些东西给外婆的。

穆恬看了一下手表，跟顾琴娥约好10:00到她家的，现在9:00还不到，从镇上到顾琴娥家一刻钟足够。他这才意识到自己可能有点小激动，至于为什么激动，穆恬首先想到的是顾琴娥的哥哥是复旦大学的高才生，他要向这位学兄讨教高等数学。而且他信心满满：由这位高才生辅导，再说自己数学底子还是比较扎实的，数学应该没有问题；语文则是自己的强项，师范学校学习的内容并不比普通高中少，反而学得更加扎实；至于英语，自己记忆力还是胜于一般同学的，单词已经记了6000个左右了，语法也搞得定，因此也不担心。他最担心的就是数学，一步不懂，捉襟见肘；反之，只要有人稍微一点拨，就会出现云开雾散的豁然感。

穆恬平时一直羞于戴表的，因为他总觉得戴表是为了向人们炫耀什么。当然，班级中戴表的同学远不止他一个，但是能戴得起上海牌手表的只有两个同学，穆恬就是其中之一。而能够成为二分之一，完全是因为穆恬有一个如亲哥哥一般的未来姐夫。穆恬今天为什么一定要戴表呢？当然是为了看约定的时间。但细细一想，似乎还不止这个原因。穆恬懒得往下想了。

穆恬跟人相约喜欢如约而至，因此他还可以在镇上自由活动半个小时。他想去镇上的初中好友处转转聊聊，又觉得还是算了。不知不觉，他拐进了河边一个稍大的百货商店，这里有一个图书专柜。读初中的时候，图书专柜里一个名叫志坚的服务员和穆恬很投机，经常给穆恬介绍优秀的图书，穆恬初中毕业考取新苏师范的时候，志坚还送了一本《现代汉语词典》给穆恬。穆恬一看定价——5.50元，乖乖，是穆恬读初中时一个月的生活费呢。穆恬来到图书专柜，他知道志坚已经辞职经商去了，因为百货公司的工资实在太低。听说志坚现在从事的是冷冻食品的销售，但生意不怎么样，近阶段经常问熟人借钱。哎！穆恬望着图书专柜现在的营业员——一位暮气沉沉即将退休的伯伯，他轻轻叹了一口气。图书专柜里有穆恬喜欢的文学书，一旁还有介绍中国器乐的图书，此时的穆恬，似乎对它们都不感兴趣。他现在心里只有一个关键词：高中数学。

不知不觉，快到9:45了，穆恬走出百货商店，骑上飞翔牌自行车，车龙头上挂着他给顾琴娥奶奶买的礼物，风风火火地向顾琴娥家骑去。有一段路非常颠簸，穆恬小心翼翼地保护着车龙头上的礼物。驶过这段路，就到顾琴娥家所在的小街了。那个有着历史韵味门头的就是顾琴娥的家，据说，当时顾家在湖湾镇是很有些名头的。在有着飞檐的门头停下车，大门敞开着。穆恬朝里面一望，顾琴娥正微笑着迎出来呢。后面还跟着顾琴娥的妈妈，顾琴娥的爸爸妈妈穆恬都认识，因为读初中的时候，他俩经常要来学校。穆恬向顾琴娥打了招呼，又很礼貌地跟顾琴娥妈妈问好："阿姨好！"穆恬将自行车在院子里停好，从自行车龙头上取下礼物，随着顾琴娥母女俩往家里走。顾琴娥妈妈叨叨："弟弟，来就来了，还带什么东西？""一点小东西，给奶奶的。"穆恬很大方。顾琴娥和穆恬肩并肩，她听了穆恬的回答，明亮的眸子朝穆恬一望，似乎心有灵犀，穆恬的目光正好和顾琴娥的相遇，两人会心一笑。

到了客厅，顾琴娥爸爸和哥哥都在客厅等候。

穆恬忙向两人打招呼："伯伯好！师兄好！"

"请坐吧，骑车过来累了吧？"

"不累不累，就半个多小时。"

"穆恬，要不要现在就去向我哥哥请教高中数学啊？"顾琴娥好像比穆恬还急，"等会儿初中班主任徐老师也要来呢，是我爸爸特意邀请的。"

"小丫头，就你嘴快，我想给你的老同学一个惊喜呢。"顾琴娥爸爸笑道。

穆恬随顾琴娥的哥哥来到了他的书房兼卧室，靠南的书桌上方是一幅书法作品：宝剑锋从磨砺出，梅花香自苦寒来。是顾琴娥爸爸送给儿子的。穆恬心想，这幅字现在用来勉励自己是最合适不过的。在问问答答算算的过程中，顾琴娥哥哥开始辅导穆恬高中数学。穆恬感到师兄讲得真是清晰，很多在自学中遇到的困惑，一下子就迎刃而解。随后，顾琴娥哥哥拿出了一本崭新的高中数学辅导资料，是复旦大学附中的内部资料。顾琴娥哥哥反复关照穆恬"不要外传"，穆恬是个聪明人，一下子就明白了师兄的意思。

辅导数学告一段落。

顾琴娥的哥哥忽然神秘兮兮地对穆恬说道："穆恬，听我妹妹说，你平时对我妹妹照顾得很周到的吧。"

"嗯……嗯……同学之间应该的嘛……应该的……再说了，我们都是湖湾出去的……应该的。"穆恬感到有点不自在。他忽然想到了孙睿。他感到额头上正渗出汗来。

"哈哈哈哈……小师弟，那么紧张干什么呢？师兄只是随便问问。"

　　厨房间的香味开始飘进房间，忽然听到外面有迎客的声响。穆恬和顾琴刚都猜测，是班主任徐老师来了。于是，他们走出书房，走向客厅。穆恬感到刚才好尴尬，徐老师救了他的急。来到客厅，果然是徐老师。顾琴娥爸爸已经在和徐老师娓娓而谈了。

　　"徐老师好！"穆恬和顾琴刚几乎异口同声。徐老师也教过顾琴刚。

　　"哎呀，顾琴刚，穆恬，两个小伙子两三年不见，都英俊了！"徐老师还是那么爽朗，给人信心和欢喜。

　　丰富的菜肴端上了桌，顾琴娥爸爸拿出他珍藏了多年的洋河大曲招待客人，两位前辈劝顾琴刚和穆恬也喝一点，两个小伙子都推辞。最后，顾琴刚做主，两人分一瓶花雕酒。

　　杯来盏去，随着一口口酒下肚，话也多了，也随意了。

　　"琴刚，在大学有没有女朋友哪？"徐老师笑眯眯的。

　　"哪有，学校基本禁止在校期间谈恋爱的。"顾琴刚一脸的羞涩。

　　"我跟琴刚说的，有合适的谈谈也无所谓的。"顾琴娥的爸爸插话。

　　"我同意老顾的观点。"徐老师继而转向穆恬微笑着，顾琴娥正坐在穆恬边上。

　　徐老师的笑使穆恬和顾琴娥都有些不自在。

　　"你们俩相处得怎样啊？"徐老师终于说出来了。

　　"嗯……嗯……"穆恬似乎又回到了刚才在顾琴刚书房时的尴尬之中。

　　"徐老师，我和穆恬相处得很好的，他教我文学，还教我敲扬琴；我教他书法，还介绍他跟我哥哥学高中数学。"顾琴娥比穆恬大方多了，机关枪扫射似的说了一番。

　　"好！好！"徐老师满面红光地看看同样满脸通红的顾琴

娥爸爸，"老徐，我和你来敬敬这三位小辈，祝他们学业有成，生活当然也要幸福哦。"

热闹在继续，穆恬喝了半瓶黄酒，感到心里特别舒服。他也向徐老师和顾琴娥一家谈了他的理想，谈了他的困惑。至于说了些什么，因为酒精的作用，他自己也有些模糊了。反正，将离开顾琴娥家的时候，他的心里是欢喜的，感到顾琴娥家的飞檐门头也比以前更好看了。

顾琴娥爸爸一定要顾琴娥送穆恬一程，穆恬也没有拒绝，反而很感激顾琴娥爸爸，他似乎有这个需要。顾琴娥是个两面人，内敛但又大方。两人走在那段颠簸的路上，顾琴娥与穆恬离得特别近，几乎肩碰着肩了。穆恬也没有意外，感到这是理所当然的。因此，走过或熟悉或陌生的人家门口的时候，两人都不介意什么。说顾琴娥内敛，那是因为她既没有问穆恬到她家的感觉，也没问他与孙睿的关系。她很聪明地谈了他们将遇到的共同的东西，比如下学期的实习，比如考不上大学意向分配到哪里……这使穆恬感到更加轻松。

那个星期天，从傍晚骑车上学一直到熄灯躺到床上，穆恬似乎都沉浸在一种美好和冲动之中。以至于进新苏师范校门时，孙睿同他打招呼，他也只是随意地应付了事，至于孙睿的感受，他根本无暇考虑。那个晚上，他有点失眠。初中时不起眼的顾琴娥，两人一起考上师范时徐老师的撮合，顾琴娥对穆恬与孙睿关系的毫不在乎，刚才在顾琴娥家的种种经历……蒙太奇式地在穆恬眼前闪烁。

九

1986年2月的开学，预示着穆恬他们这一届将各奔东西成为人民教师。穆恬清楚，幼师班的同学基本是专业思想巩固的，女孩子做个幼儿园老师相当有地位。可是普师班的同学或许有好一批已经"觉醒"，特别是一批比较优秀的男同学。他们不甘心就这样做个老师，而且一般说来就是小学老师。穆恬和几个要好的同学曾经交流过，师范毕业以后可以考大学，可以考民警，还可以考机关工作人员。穆恬一心认准的就是毕业后和当初读高中的同学一起走进高考考场。

开学不久，学校就准备给毕业班的同学召开毕业动员大会。大家都在议论，这有什么好动员的呢？不管大家怎么不欢迎，毕业动员大会如期召开。会场布置得很严肃，除了会标，四周还拉着好几条红色的标语，内容大概就是专业思想巩固，做优秀人民教师，今天我以学校为荣、明天学校以我为荣……穆恬看到大多数同学和他一样，有点心不在焉的样子。主席台上很难得地坐着学校全部领导，就连平时在校园难得一见的校党委书记归书记也坐在主席台中间，严肃的目光不停地扫视着每个学生。

"同学们，这个学期结束，你们就将走上教师岗位；严格意义上说来，4月份开始奔赴各学校实习，你们就已经是人民教师了……从你们进师范开始，学校就一直对你们进行专业思想巩固的教育，你们要热爱教师工作，热爱教育事业……"那个全校肚子最大的张教导说起话来总是滔滔不绝，每次开会就数他话多。

耳边的声音模糊了，穆恬不停地想着：哼，什么专业思想，什么热爱教育事业。当初初中毕业还是懵懂孩子，根本不知道师范为何物。三年过后成年了，才体会到当初初中校长和班主任劝他不要填报师范志愿是正确的。当初父亲的目光也不长远，因为家里责任田和口粮田多，穆恬干农事又不在行。听说考上师范就可以转为城镇户口，父亲虽然是以商量的口吻与穆恬交流的，其实就是替他做主了，考上师范，户口变城镇，工作有着落。可那是怎样的工作啊！白师兄那天的话，穆恬到今天还深深记着，穆恬还听过很多令人扫兴的话："家有三担粮，不做孩儿王……"

"同学们，有些同学专业思想不巩固，想参加高考跳出教育之门，有些同学想考其他岗位不做教师，现在我非常正式地把国家政策告诉你们，中师毕业的学生是没有资格报名参加高考的，从今年开始，师范生必须工作满五年才有资格报考其他岗位……"

会场里似乎有些骚乱，穆恬感到自己的大脑轰轰作响：一年的美梦难道就这样破灭了？昨天还因为解出了一道数学难题和顾琴娥高兴了很久呢。中师毕业不能参加高考，那一年来的努力不就白费了吗？穆恬看看坐在他一边的顾琴娥，她也用同情的目光看着穆恬。穆恬简直想哭，但就是嚎啕大哭也难以表达他此时的难受。

校长和归书记都做了重要讲话，无非就是专业思想巩固，在平凡的岗位上干出不平凡的业绩之类。不过，会议上还宣布了保送高校的四位同学。穆恬清楚他的"硬伤"——班主任和校团委已经多次提醒他"早恋"的事情了，因此他根本没有被保送的奢望，他要靠自己的实力实现自己的愿望。

会议结束，走出会场的大多数同学都异常沉闷，低着脑袋不想说话。

3月份不知道是怎么过去的，穆恬感到从来没有过的迷茫。3月份，他被传染了三年来从没有这么严重的感冒——整整一周高烧不退，并住进了医院。也因为这次高烧，孙睿又来到了他身边，给他安慰，给他买他喜欢的零食，和他谈文学和扬琴。顾琴娥没有来过，穆恬也没有盼她来看望自己，或许是因为复旦大学附中的那本参考书对于穆恬来说已经没有任何意义。但从内心来讲，穆恬还是感谢顾琴娥的。上次去顾琴娥家偶尔升腾起的那种特别的感情，到那次动员会为止，似乎又回落到了原点——顾琴娥只是穆恬比较亲密的同学,他们之间有的只是纯洁的友谊。

3月份,学校小花园的柿子树下,穆恬和孙睿又开始了扬琴的交流。穆恬新学了一首《苏武牧羊》,敲打得很投入。随着乐曲的旋律,两个年轻人仿佛进入了苏武的故事之中:

公元前100年,苏武奉汉武帝之命出使匈奴被扣,坚贞不屈,被放逐到冰天雪地的贝加尔湖边牧羊。但他不畏强暴,抗争十九年后胜利回国,成为千古不朽的爱国英雄。

演奏从散板开始,接慢板、中板、快板,最后又以慢板结束,余音绕梁。孙睿听得懂穆恬的意思,但她没有说。一曲完了,两人只是默默地对视着,良久、良久……

4月到来,学校按常规安排毕业班同学到各个小学实习。不管怎样,穆恬还是这一届比较优秀的学生,他不仅在文学社供职,在校团委也是宣传委员。穆恬带领自己班6个同学和邻班4个同学一起前往穆恬家乡的湖湾镇中心小学实习。顾琴娥虽然同样是湖湾镇出来的,但她却被派往一个大镇的实验小学实习。后来问了顾琴娥,才得知她的工作也基本定在那所学校了。

湖湾中心小学因为是农村小学,大部分是民办教师。实习期间,穆恬他们听到的只有埋怨和老教师之间的零碎琐事。好在老教导朱教导是个教育的行家里手,他虽然不是穆恬他们10个同学的指导老师,但很多时候,朱教导都来听课,并且进行指导。穆恬他们也就学到了很多教学方面的实战知识。

苏州市教育局要到湖湾中心小学来调研,县教育局领导陪同,朱教导找到了穆恬,让穆恬开一节语文公开课。穆恬初生牛犊不畏虎,一口就答应下来。朱教导亲自指导穆恬钻研教材,还拿了一大摞《江苏教育》手把手教穆恬怎么借鉴他人的教学方法。公开课空前成功。结束以后,老校长亲自找到了穆恬，邀请穆恬毕业后就回自己乡镇的学校。穆恬思考了一下，没有答应。他也想跟顾琴娥一样去大一点的乡镇实验小学。

湖湾中心小学有一个音乐老师金老师，他虽然是民办教师，但20世纪六七十年代时曾经在公社宣传队做团长，擅长多种乐器。因此，湖湾中心小学有一支很有名的学生民乐队。那天，学生在训练的时候，穆恬来到了训练教室。跟金老师打过招呼以后，穆恬跟金老师说他也喜欢乐器，特别喜欢扬琴。金老师立刻跟同学们说道："同学们，我们请新来的穆老师给我们演奏一首扬琴曲，怎样？""好！"同学们异口同声，掌声雷鸣。

穆恬坐到扬琴边，孙睿的形象马上浮现在他眼前。乐声起，是《蝶恋》。曲声委婉悠扬，抑扬顿挫，穆恬把对孙睿的思念之情尽情地表达着。演奏结束，穆恬还沉浸在情感之中不能自拔，小朋友们虽然不懂穆恬的心思，但都觉得好听；金老师是过来人，他懂穆恬此时的感情。当穆恬站起来，教室里的掌声持续了很长一段时间。穆恬能从孩子们的眼中读出来，孩子们一下子就喜欢上了他，特别是坐在扬琴前的几个小朋友，他们天真的目光告诉穆恬，他已经是孩子们的偶像了。

两个月的实习很快结束了。和孩子们欢庆完六一，新苏师范派来的大巴沿途经过湖湾，穆恬他们10个同学要和孩子们说再见了。穆恬在汽车窗口分明看到，很多前来欢送的学生代表都红着眼睛，有的甚至呜呜哭着，穆恬和同学们的鼻子也酸酸的。穆恬忽然感到，原来做教师是很幸福的。在车上，大家开心地聊着天，忽然听到有个女同学在悄悄地跟女伴说：顾琴娥这次实习收获最大。一是好像已经确定留在那所百年老校了；二是最重要的，学校的一位老教师是顾琴娥爸爸的朋友，为顾琴娥说了一个媒，男孩是名牌大学生，还有两年毕业，家庭殷实，是那个大镇上的大款。穆恬听了，心中好像有点不是滋味，转念一想，顾琴娥是他最要好的同学，要好好祝福她的。忽然又想到了昨天傍晚，老校长和老教导一起找他郑重其事地谈了一次，再次邀请穆恬回自己乡镇学校，说他一定会前途光明的。可是，穆恬想去大镇的实验小学，他有他的抱负。还有孙睿……

……

毕业典礼结束，因为从真正意义上来说穆恬他们不再是中师生了，所以学校也不再按《中师生日常行为规范》要求，破例让同学们喝了啤酒。穆恬和同学们的心情一样，是复杂的。他敬了无数次酒，敬老师，敬同学……特别敬了顾琴娥。顾琴娥是一如既往的平静，喝着很好看的橙色果汁，微笑着和穆恬碰杯。穆恬感到今天的顾琴娥特别漂亮，他说了一大番话，似乎语无伦次。顾琴娥始终耐心地听着，并保持着她蒙娜丽莎一般的笑容……

毕业典礼那天是个月圆夜，离校近的同学都已经回家了。听说穆恬班里那个被称为"诗人"的同学是流着泪一个个送同学上车的，送完了先走的，他再回到学校，准备第二天再送后一批走。穆恬又一次来到了小花园的柿子树下，看着周围的一切，很能理解"诗人"同学的心情。但他还有一个念想：晚他一年毕业的孙睿，该如何对待她，追到她……

穿着白边蓝底连衣裙的孙睿晚自习结束后如约而至。两人坐在月光下的柿子树下，月光穿过柿子树宽大的叶片在地面洒下很好看的斑驳的光影。孙睿不能久留，她必须在宿舍门关闭前回到宿舍。穆恬也不知道此时该和孙睿说些什么，他拿出了他们最近一直在读的那本图书《青春万岁》。孙睿伸出手来，接过图书。也不知道是孙睿故意，还是别的原因，四只手竟然碰触到了一起。穆恬也不知道哪里来的勇气，紧紧握住了孙睿的双手。穆恬感到心脏跳动的速度在加快。两人双手相

握,轻轻地吟诵起了他们都熟悉的那首诗:

　　所有的日子,所有的日子都来吧,

　　让我编织你们,用青春的金线,

　　和幸福的璎珞,编织你们。

　　有那小船上的歌笑,月下校园的欢舞,

　　细雨蒙蒙里踏青,初雪的早晨行军,

　　还有热烈的争论,跃动的、温暖的心……

　　是转眼过去了的日子,也是充满遐想的日子,

　　纷纷的心愿迷离,像春天的雨,

　　我们有时间,有力量,有燃烧的信念,

　　我们渴望生活,渴望在天上飞。

　　是单纯的日子,也是多变的日子,

　　浩大的世界,样样叫我们好惊奇,

　　从来都兴高采烈,从来不淡漠,

　　眼泪,欢笑,深思,全是第一次。

　　所有的日子都去吧,都去吧,

　　在生活中我快乐地向前,向前,

　　多沉重的担子我不会发软,

　　多严峻的战斗我不会丢脸;

　　有一天,擦完了枪,擦完了机器,擦完了汗,

　　我想念你们,招呼你们,

　　并且怀着骄傲,注视你们。

十

　　光明实验小学的大报告厅内灯火辉煌,舞台上的彩灯五彩缤纷,一个很艺术的徽标挂在幕布中央。省、市教育系统的领导分别致辞以后,艺术展演正式开始。上午是器乐演奏类表演,来自全省各校的器乐社团分别拿出了最具实力的节目,会

场内掌声一浪高过一浪。

前来参加展演的指导老师都是行家，人们惊奇地发现，来自苏州湖湾实验小学的节目，不光器乐扬琴和东道主光明实验小学一样，连扬琴阵容的安排，选取节目的风格都是那样相似。他们不知道，会场中的两位指导老师——穆恬和孙睿，此时的感情有多么复杂。两人的徒弟对此有零星的了解，他们分明看到自己师傅此刻表情的细微变化，是难以言表的那种。

本场展演的压轴节目，是一个由教师表演的节目，民乐合奏《彩云追月》。音乐声响起，随着旋律的不断变化，穆恬的目光在舞台上每个老师的脸上扫过。他看到了孙睿，紫色的套装使她显得那么端庄，装饰的苏州丝绸围巾画龙点睛，一点都看不出50岁的年纪。敲打扬琴的动作娴熟，还是当初的风格。一个熟悉的面孔映入眼帘，是石海涛！穆恬和石海涛有联系，他不是下海经商了吗？以自己设计的海之韵为商标开了好几家"咖啡语茶"，丹徒好几家有名的房产公司都有他的股份，身价超亿，已经是丹徒一带很有名的老板了。穆恬的姐夫与石海涛有生意上的往来，他是通过姐夫介绍，才在师范毕业二十多年后与这个当初感情不一般的师弟再次联系上的。从石海涛那里，穆恬还了解到，虽然孙睿嫁入豪门，物质生活令同伴们羡慕，但是她并不幸福。

孙睿师范毕业后进入光明实验小学工作。在她与穆恬书信往来，憧憬着幸福未来的时候，她的父母发现了并强行要求孙睿立即与穆恬断绝关系，硬是通过媒人把她说给了丹徒最有钱的老板家的公子。时间加距离等于忘记，尽管好长一段时间以来，孙睿狠下决心要与穆恬结合，他们还保持了一段时间的通信。但毕竟在两地，而且老板家的公子也是名牌大学毕业生，情商很高，孙睿的芳心很快被俘虏。为了表达对穆恬的歉意，她瞒着父母把家里那台据说祖传的扬琴，委托石海涛去苏州时带给了穆恬以作纪念。

在甜蜜的爱情和婚姻的新鲜感过去以后，孙睿的先生和许多有钱人家的公子一样，开始在外面寻花问柳，很多时候甚至夜不归宿。孙睿是因为儿子而不和先生计较。但令她痛心的是，儿子在这样的家庭也难以教育好。现在远在新西兰读书，如果跟家里联系，一定是问父母要钱，从来没有半句牵记父母或者汇报学习、设想将来工作之类的话。

石海涛这样的大款怎么也来参加学校的展演，并还能操起当初喜欢的乐器呢？穆恬沉思着，但这样的师弟让他感到自豪！他又一次想到了：我们新苏师范毕业的中师生本质都是好的！

忽然手机响了，是石海涛："恬师兄，您坐哪里啊？""是涛师弟啊，我在这里！"穆恬使劲挥动着手。两人的手终于又一次紧紧握在了一起。

"恬师兄，你白发多了，不要多动脑了，都已经过50的年纪了。"石海涛很是真诚。

"谢谢涛师弟关心，生老病死，自然规律，这是没办法的。"穆恬在依然生龙活虎的师弟面前有点悲观。

"你们明天走吧？今天我表姐约你到我咖啡店小聚。"

"孙睿？她约我？"

"是啊，你们应该是毕业后没有见过面吧。"

"嗯，嗯……"

傍晚，海之韵咖啡语茶光明店内，好听的扬琴声萦绕在耳畔。石海涛安排完表姐孙睿和师兄穆恬的茶点过后，因为有生意上的事——也或许是故意想让两位好好叙叙旧——匆匆离开了。

在那首不知名的扬琴曲声中，穆恬先开口了："孙睿，想不到一转眼快三十年没见了。"

"是啊，时间真的如魔术师。"孙睿用依然清澈的眼神看了看穆恬，只是眼中已经没有了三十年前的那点羞涩和火辣。

"你带的扬琴社团的小朋友真有灵气。"

"你们的孩子更惹人喜爱，毕竟是苏州孩子。"

"其实，做个老师还是很幸福的，特别是看到孩子们的进步和成长。"

"是的，本来总觉得赚钱是最幸福的，现在这想法好像有点变了。本来我课外还教孩子学琴呢，五年前不带了，开始做喜欢的事情，比如自己敲敲扬琴，或者和姐妹外出走走。"

"嗯，对……赚钱也没什么……"穆恬似乎没了底气。因为他知道，孙睿家唯一不缺的就是钱。

"你家里都好吧？听海涛说你孩子已经结婚了，你已经做爷爷了。"

"哈哈，儿子没什么大出息，让他早点结婚，我们也就完成了人生一件大事情。"穆恬有点小小的兴奋。

"哦，夫人是做什么的？"

"是幼儿园教师，民办转正的……"穆恬忽然陷入了沉思之中：当初父母也反对穆恬跟远在镇江的孙睿谈恋爱，认为这简直是水中月、镜中花。后来穆恬妈妈托了媒人把本村读幼师职业班的女孩介绍给穆恬，穆恬当时坚决不同意，甚至准备出走到镇江金山寺做和尚算了。后来，还是穆恬姐夫做通了小舅子的思想工作。不过，现在生活还算幸福。

晚霞映红了天空，服务员端来了两份煲仔饭。两人都有好多话想说，但都感到，多说似乎没有多大意思。

石海涛的连锁咖啡语茶的特色就是每个店里都有几台扬琴，因为他们家都喜欢扬琴。吃过晚饭，孙睿站起来走走，她很优雅地走到了一架扬琴前坐下，朝穆恬深情一望，琴声响起——《春江花月夜》。穆恬随着旋律的展开和变化，情不自

禁来到孙睿身边,轻轻吟诵着:

春江潮水连海平,海上明月共潮生。
滟滟随波千万里,何处春江无月明!
江流宛转绕芳甸,月照花林皆似霰。
空里流霜不觉飞,汀上白沙看不见。
江天一色无纤尘,皎皎空中孤月轮。
江畔何人初见月?江月何年初照人?
人生代代无穷已,江月年年只相似。
不知江月待何人,但见长江送流水。
白云一片去悠悠,青枫浦上不胜愁。
谁家今夜扁舟子?何处相思明月楼?
可怜楼上月徘徊,应照离人妆镜台。
玉户帘中卷不去,捣衣砧上拂还来。
此时相望不相闻,愿逐月华流照君。
鸿雁长飞光不度,鱼龙潜跃水成文。
昨夜闲潭梦落花,可怜春半不还家。
江水流春去欲尽,江潭落月复西斜。
斜月沉沉藏海雾,碣石潇湘无限路。
不知乘月几人归,落月摇情满江树。

后 记

　　和我的责任编辑周老师聊完《蜗牛飞起来了——一个教师的第九个小时（续）》这本书出版的事宜以后，走在冬日暖阳里，心中也是暖洋洋的。忽然跳出一个念头来，2019年也是周老师做我的责任编辑，出版了《在时间的流里——一个教师的第九个小时》，那时好像还有一丝功利，为了证明自己的散文写作已经有了一个新高度——其实并没有。但是，四年时间过去，特别是经历了三年新冠疫情以后，我离退休也比较近了，对于功利这种内耗的东西，已经变得越来越淡漠了。有朋友经常会询问我退休以后准备怎么度过一天又一天，我说：很简单啊，走路、读书、写作，让身体和灵魂总有一个在路上就行了。然后我就进一步自问道：那为什么还要继续出书呢？直接的回答是又写了好多文字。但灵魂深处的回答是怎样的呢？一个声音在心中久久回荡着：写作即感恩。

　　又有文字要结集出版，其实这些文字背后折射的是自童年时代一直到今天的人生、心路历程，而之所以一直会以文字进行记录，我追逐到的那个关键词就是"感恩"。

　　爱上文字，最早的记忆是在家门口的小学读书的时候。语文老师高兴地对我说："你代表我们水桥小学去参加公社里的作文比赛。"我既紧张又高兴，跟着语文老师徒步走过一片片田野，走进了当时觉得"高大上"的公社中心小学。依稀记得当时根据作文比赛题目写了一个经历"文革"后读小学的小男孩的故事，而这个故事是我模仿一个故事写的。我爸妈有一次去苏州走亲戚，帮我买了一件礼物，也是那次唯一的礼物——《小学生优秀作文选》。我对里面的一个故事印象深刻，于是模仿它，又联系我的生活，"糅杂"创作了一个新的故事。语文老师当着全班同学的面把我作文获奖的奖状和奖品发给我的时候，我的内心充满了感激，感谢语文老师选我去参加全公社的作文比赛，感谢爸爸妈妈给我买礼物时注重的是精神方面。

初中三年的语文老师兼班主任马老师的故事，我曾经在很多文章里写过，即他用自己的写作带动我们的习作，20世纪80年代初期他在自己班级成立文学社团，骑着一辆除了铃声不响其他都会发出声音的"老爷自行车"到木渎帮我们购买文学社的教材。但这次我要告诉大家的是马老师对于我语文学习，特别是习作水平提高的另一个"教育高招"。当我以母校中考状元的成绩被新苏师范录取之后，听到的更多是周围人的溢美之词，而马老师给了我一个严厉的棒喝："不要以为总分是全校最高就得意，你的语文远远不如某某同学，特别是作文，你比他差了一大截。"在师范学习的三年，我一直记着那句话，而且从那时起一直到今天，在阅读和写作方面，我从来没有懈怠过。甚至到上一本文集《在时间的流里——一个教师的第九个小时》出版，马老师帮我写序，序里有很多赞美我写作的话，我仍然将这些话语看成语文老师对我的鞭策。因此，在我作为一个教师的八小时之外的第九小时，我依然不忘阅读和写作。马老师不仅是我初中三年的老师，更是我一生的导师。

钟情于写作还源于两次特别的缘分。第一个缘分是有机会同华东地区的著名儿童文学作家面对面。当时我们的校长将儿童时代社小记者站引进校园，在那个鲜花烂漫的春季，华东地区儿童文学研讨会在我校举行，同时对学生的习作进行手把手辅导。在活动间隙，我这个初出茅庐的小小语文教师，因为爱好儿童文学，竟然没有和校长或其他学校领导招呼，就鼓起勇气来到了儿童文学作家休息的地方，拿了当时我们学校订阅的一本学生的课外读物，请作家们签名留念。于是，《没头脑和不高兴》的作者任溶溶老先生，《神笔马良》的作者洪汛涛老先生等全国最著名的儿童文学作家都为我签了名，特别幸运的是我留下了他们的联系方式，在后来的一段时间里，得到了他们在儿童文学创作方面的指导，创作了好多儿童文学作品。

第二个缘分是加入"新教育实验"。2003年暑假，我走进了"新教育在线"，与该实验的创始人、时任苏州市分管教育的副市长朱永新老师，以及跟着朱老师做新教育实验的李镇西、窦桂梅、薛法根、张菊荣、管建刚等今天已经成为全国教育界大咖的人物，线上线下互动，每天坚持阅读，每天坚持写作至少1000字。加入"新教育实验"以后，成长的不仅是写作水平，还有教育教学能力、师德师风水平和人格魅力，同时，锻炼了难能可贵的自律能力。因此，直到今天，我还是将阅读和写作作为生活的一部分，作为生活的常态。

当然，一直写作的动力，还来源于我生活的苏州这个城市里著名的作家、评论家。我总是感到文字是会让人与人之间产生吸引力的。比如，曾经为我的教育随笔集《一周感恩》写序，这次又给我这本拙作写序的王尧院长（我与王院长结缘是他任苏州大学文学院院长时，而我也属于苏大校友，因此习惯称他为王院长），他曾经到我校做过一次讲座，之后再读他的文字，我就被深深吸引了。而他竟然一点架子都没有，对于我们这些文学爱好者来说，亦师亦友。这样的作家还有范小青老师、王一梅老师，我们吴中区的作协主席葛芳老师，等等。

数十年的写作经历，离不开的是周围的人、事、物、景，所有这些，都能使一个人体悟人生的道理，建立正确的三观。看着《蜗牛飞起来了——一个教师的第九个小时（续）》这本将要出版的拙作，我有自知之明：在文学修养方面，那肯定还得不断修炼；不过，在情感方面，所有文字，我都是带着最诚挚的感情用心写下来的。比如，《蜗牛飞起来了》是我外甥女的儿子艾文给我的灵感。孩子的成长实在是一个非常美妙的过程，艾文喜欢到我这里和我聊作文，我经常和外甥女聊艾文的成长。艾文真的很快成长了，外甥女也在朝着优秀家长靠拢。如果艾文的老师也看到了这篇文字，我想，或许他们也会有所启发的。当然，外甥女和艾文也使我在教育方面有了新的收获。本书中所有的儿童故事或者称之为儿童小说，其写作泉源都是我可爱的孩子们。而与上一本《在时间的流里——一个教师的第九个小时》一脉相承的那些散文，则完全出自对身边一切的感恩之情。

写作即感恩，我个人以为这是我在写作认识上的一个小小的质的飞跃。

是为后记。

柳永忠

2024 年 3 月 16 日